Ernst Hunziker isch im Jahr 1955 z Boltige, im Sime-
tal, gebore. Nachere Lehr als Spängler-Installateur
isch er zum Tal us u läbt syt 1980 ufem Bödeli, em
Gebiet zwüschem Thuner- u Brienzersee.

Gwärchet het er ufem Flugplatz Interlake als Flug-
zügspängler u später bi der Gmeind Interlake als Aa-
lage- u Materialwart bi der Füürwehr. Ab 1999 isch
er Kommandant vo der regionale Zivilschutzorgani-
sation Jungfrou gsy.

Mittlerwyle isch er pensioniert.

Syt Jahre schrybt er Mundartgschichte, Romän,
Krimis u o Volkstheater.

D Büecher sy im Buechhandel erhältlech. D Thea-
ter bim Elgg Verlag in Belp.

Wyteri Informatione über e Outor u sys Schaffe
stöh uf der Websyte www.ernsthunziker.ch

Ernst Hunziker

Allergattig

Churzgschichte

Bibliografische Information der Deutschen
Nationalbibliothek:
Die Deutsche Nationalbibliothek verzeichnet diese
Publikation in der Deutschen Nationalbibliografie;
detaillierte bibliografische Daten sind im Internet
über http://dnb.dnb.de abrufbar.

2012, 2018 neue, überarbeitete Auflage
© Ernst Hunziker
Senggigässli 35
3800 Matten
ernsthunziker@icloud.com
www.ernsthunziker.ch

Herstellung und Verlag:
BoD- Books on Demand
Norderstedt
Printed in Germany
ISBN: 9783748110798

Inhaltsverzeichnis

Läbigs

Ds Läbe

Ds Läbe isch wie nes Buech.
Nume vergisst me mängisch
d Syte z chehre.

So ne gwöhnleche Tag

E Tag het ja normalerwys vierezwänzg Stund. Mängisch – oder äch sogar meischtens? – sött er zwar no es paar Stund meh ha.

Warum das – ömel bi mir – so isch, möcht ig öich jetze erkläre.

Also. No einisch. Der Tag het vierezwänzg Stund. De zieh mer einisch di nün Stund Arbeitszyt ab. Gforderet sy zwar eigetlech nume achtehalb. Aber wär cha i der hüttige Zyt scho d Schufle la gheie, we no Büez ume isch. Also. Vierezwänzg weniger nün git füfzäh. Das wäre de di nid yträgleche Stunde, wo mir zur Verfüegig hei.

Je elter me wird, umso meh interessiert eim d Gsundheit. Der ander Wäg ume wärs zwar älwä schlauer. Aber me isch ja i junge Jahre no nid so schlau. Das wird me ersch, we me elter isch. Schyns!

Ytem.

D Gsundheitsaposchtle predige üs folgendes: Di fettarmi Ernährig sötti me gnüsslech zue sech näh. Also sötti me nid nume schnäll i Mc Donalds ga uf di unbequeme Stüehl hocke (die sy sowiso nume so unbequem, damit me müglechscht schnäll di diverse Mäc`s hindereschletzt, de grad wider vertubet u Platz macht für di nächschte Gescht). Nei, me sötti sech Zyt näh. Gmüetlech höckle, guet chöie, chli relaxe u de nachem Ässe no grad es Gsundheitsschläfli aahänke. Das würdi für e Morge e Stund, für e Mittag anderthalbi u für ds Znacht wider e Stund i Aaspruch näh. Bi füfzäh Stund weniger di dreiehalb Ässeszytestunde, verblybe also no elfehalb Stund.

Gsund läbe heisst aber o bewege. U wie me da sötti

vorgah, säge üs meh oder weniger gschydi Outore, i meh oder weniger schlaue Büecher. Me sötti jede Tag z Mindscht e gueti halb Stund irgendwohi ga bewege. Das mache bereits sehr vil Lüt. I has o scho probiert: Bim Tschogge tüe mer d Chnöi weh, bim Velofahre ds Füdle, bim Schwümme isch es mer z nass u nach em Skate gspüren i all das, wo mer nid scho bi einere vo de vordere Sportarte het weh ta. Jetze han i aber e Bewegigsart gfunde, wos bringt: Nordic Walking. Tönt doch guet, oder? Bi «Nordic» stellen ig mir vor, wien i dür di ändlose Wälder im höche Norde loufe u derby di wunderbari Luft vo Fichte yatme (dass i derby der Outobahn naa loufe un i näbscht em Lärme no d Abgas yatme, wott i gar nid merke). U «Walking» tönt doch fasch wie Wolke. Also ganz liecht, lutlos, fyn u wie dür Watte geit my Schritt. Ds Einzige, wo mi a dere Sportart chli stört, isch, dass es scho chli komisch usgseht, wen i mit so Schystäcke dür d Prärie loufe. I chume mer mängisch meschugge vor, wen i dra dänke, wien i usgseh. Drum biegen i de nach der Outobahnstrecki i Wald übere ab. Dert hets weniger Lüt.

Zrugg zu der Zyt. Mit em sportlech Aalege, mit em «Warmup» (natürlech o vorgschribe) un em Dusche u Haar tröchne, ergit di Walkerei e Zytverluscht vo anderthalb Stund. Verblybe also no zäh Stund.

U de verlangt me vo jedem Durchschnittsschwyzer, dass er einigermasse intelligänt isch. Di Intelligänz chunnt aber nid über Nacht. Me mues Zytig läse. Das macht me i der Regel während der Arbeitszyt. Aber nume denn, wes niemer gseht. Aber me mues o d Tagesschou luege. Daderzue ghört o d Nachtusgab u ds jewylige Wätter. Schliesslech mues me wüsse, warum der Blocher blochet, der Murer muret u der Couchepäng pängglet. U we üsi Fuessballnati gwinnt, mues me chönne säge, wie mir das guet gmacht hei – u we si verliert, sötti me z Mindscht wüsse, wär der Schuldig isch. Am Morge chönnte mes zwar de im Blick läse. Aber wär list de scho der Blick? Also. O d Intelligänz forderet ihri Zyt. I würdi hie e Stund derfür reserviere. Nid grad vil, i weis. Aber schliesslech isch me ja nün Jahr i d Schuel u het dert während durchschnittlech sibe Lektione pro Tag all das ytrichteret übercho, wo me für ds Läbe söll chönne bruche.

We me di Stund abgrächnet, verblybe no Nüne.

Inere Schrift übere gsund Schlaf han i gläse, dass d Lengi vo däm ganz underschidlech syg. Es söll schyns Lüt gä, wo mit füf Stund penne uschöme. I verstah das nid. Wen i füf Stund gschlafe ha u sötti ufstah, han i ds Gfüehl, i sygi im lätze Film. D Näbellyreni schlyche um myner Ouge um u d Schwindelsüchle puttele my Körper hin u här, dass i mer vorchume wie nach ere Viertelstund Achtibahn fahre. I ghöre nid zu de Schnällschläfer. I bruche myner sibe Stund, süsch wirden i mit der Zyt gnietig.

Wen i die vo de verblybende Stunde abzieh, ergit das no ganzi zwo Stund. Zwo Stund, won i nid zum Vorus wägem Wärche, Ässe, Tschogge, Düschele, Glotzofoniere u Penne verbrucht ha.

Ganzi zwo Stund!

U die han i no zur Verfüegig für d Zahlige z mache, d Wohnig z stoubsugere, yzchoufe, ds Velo z flicke, all di Reklamepapier z studiere, z choche, d

Chleider – vor allem die vom Nordicwalke – z glette, z wösche (meischtens zwar i umgchehrter Reihefolg), Blueme z bschütte, es guets Buech z läse, der wüchentlech Krimi z luege, der Rase z mäie, d Stürerklärig uszfülle, äntleche d Fänschter z putze, de Fründe z schrybe, gueti Musig z lose, myner andere Hobbys z pflege, öppe einisch ga nes Fyrabe-Bier z gnähmige, Zääienegel z schnyde, Gschichte z schrybe, WC Papier z wächsle, Zytige zäme z binde, ds Bett nöi aazzieh, d Wohnwand abzstoube …

Ganzi zwo Stund blybe für all das!

I wott öich nid plage mit der zytleche Zämestellig für all di Arbeite, won i jetze beschribe ha. Gmacht han i se aber. Eifach so zum Plousch bin i mit der Stopuhr dür d Wohnig ghuschet u ha all di Arbeite erlediget – ussert ds Usfülle vo der Stürerklärig. Das tuen i «outsource», wie me däm hütt ja modern seit.

Also. Für all di Arbeite han i ganz genau e Stund u nünefüfzg Minute brucht.

Somit blybt mir no ei Minute pro Tag.

Ei einzegi, lumpegi Minute pro Tag, won i nid scho verbrucht ha, wen i ufstah.

Was ig mit dere mache?

Mit dere einzige Minute?

Die bruchen i

für mi!

Chleider choufe

Das isch e Gschicht für Manne. U o chli für Froue. U ganz sicher ömel de für Verchöiferinne u Bsitzer vo Chleiderläde.

Eh ja, Manne. Dir kennet ja sicher das Gfüehl, wo me überchunnt, we eim d Hose z äng wärde, oder we me i Chleiderschaft yne luegt u meint, all di Pullover, wo da inne lige, heige me geschter scho anne gha. Oder dir kennet z Mindscht dä meh oder weniger sanft Druck, we d Frou zimlech dezidiert seit: «Äs wäri jetze de wider einisch nache für nöij Chleider ga z choufe. Du gsehsch ja us wie ...»

Ja, de isch es Zyt. Wider einisch Zyt für ga ne Chleiderlade ufzsueche. Ei Chleiderlade. Nid mehreri. Schliesslech wott me ga Chleider choufe u nid ga Chleider aaluege. E grosse Underschied!

U da steit er also, der Maa. Säge mer ihm Max. Da steit er also, der Max. Vor so emene Chleiderlade. Öb dä Lade mit emene Vögele Vou, emene Globi Gee, oder eme Migros Ämm aagschribe isch, spilt gar ke Rolle. D Gfüehl sy di Glyche. U die sy, schwach usdrückt, flau. Ömel i der Magegägend.

Also: Der Max steit vor em Lade u geit jetze yne. Zwungenermasse. Nid freiwillig! Chuum het er der erscht Schritt i d Herreabteilig gmacht – zum Glück hei si die syt em letschte Mal nid wider züglet – schiesst scho so nes jungs Frölein uf ne zue u fragt:

«Darf i öich hälfe?»

Dopplet lätz! Erschtens gseht das Tüpfi nid us, wie wes ihm wetti cho hälfe u zweitens lat sech der Max sicher nid la hälfe. Nei, das wär de no, we ihm so nes Meitschi müessti cho hälfe Chleider sueche. D Chleidergrössi weis er – oder under üs gseit, är het se deheime no schnäll nachegluegt. Eh ja, di änderet ja öppe im glyche Rhythmus wie der Standort vo der Herrenabteilig.

Guet. Di Verchöifere wäri afe abgschüfelet. U jetze druf mit Grien. Der Max het sech vorgno, es Paar Blue Jeans, es Paar schöni Hose u öppe zwee Pullover z choufe. E zünftegi Vorgab, das weis er. Aber gu-ten Mutes stüret er jetze uf d Blue Jeans zue. Wie sy jetze die aagschribe? Vierefüfzg het er deheime ufem Etikett vo syne Hose gläse. U jetze hange si da, vo vierezwänzg bis zweiedryssg. Was jetze? Der Max luegt, öb süsch no grad öpper umewäg isch u gseht du, dass e Maa i ähnlecher Wäri wien är, grad es paar Hose usem Gstell nimmt. Du geit der Max ga luege, was für nes Nummero di Lücke het: sächsezwänzg! Isch i der Ornig, dänkt er, stüüret uf d Jeans zue, pickt es Sächsezwänzgi use u zilet pfyfegrad uf d Umkleidekabine zue. Kabine isch zwar ds lätze Wort. Das sy so Chrömeli, erger weder d Dusche deheime. U de sötti me de no der Wintermantel, der Pullover u d Schue dinne verstoue – näbscht de Chleider, wo me eigetlech wetti probiere. Der Max chert u dräit, sperzet u chnorzet. U das de geng no so, dass der Vorhang, wo ihn zum Gschäft hi abschirmt, nid i Bewegig gratet. Was isch jetze o das? Der Max steit vor em Spiegel u het d Hose i beidne Händ. Aber vorne am Buuch fähle es paar Centimeter für se zue z tue. Ach, das isch doch de aber … Wyter chunnt er nid.

Dusse flötet ds Frölein: «Geits bi öich?»

Was meint äch die dermit? Isch er scho z lang i dere Kabine inne? Oder het si emänd gseh, dass er z chlyni Hose mitgno het? D Hose abzoge, di Eigete wider aagleit, der Pullover drüber ab ta, i d Schue gschloffe u di nid passende Hose i Bügel gleit. «Häb Sorg zu de Bügelfalte», ghört er sy Frou mahne. U das bi Blue Jeans! Ja nu, wes nid guet isch, de söll d Verchöifere sälber luege. Är tuet der Vorhang uf. Äntleche use us dere Hitz. Äntleche früschi Luft. Oder ömel früscheri! U jetze ds Ganze wider vo Vore. Der Max isch afe chli hässig u nimmt grad zwöi Paar mit. Grösseri u no chli grösseri. De wider yne i dä Färich. Schue u Chleider abzoge u d Hose aagleit. Scho chli besser, aber geng no chli äng. Die wider ab u di Grössere aa. Scho vil, scho chli z vil besser. Sibenezwänzg isch chli z chly, achtezwänzg chli z gross ...

«Geits bi öich?», scho wider di Frag.

Was söll er? Hässele oder fründlech tue? Fründlech, entscheidet er. Schliesslech isch das ja o nid grad e super Job, der ganz Tag vor verschlossenem Vorhang d Hächle z frage: «Geits bi öich?»

Drum git er zur Antwort: «Es sibenezwänzgehalb wäri guet!»

«Ja, das hätte mer scho mängisch chönne bruche!», flötet si zrugg.

Die Antwort nützt ihm ömel o nüüt, dänkt er.

U sii du no, wahrschynlech mit emene Lächle im Gsicht: «Jetze müesst dir halt entscheide, öb dir i Zuekunft meh oder weniger weit ässe.»

Was söll das heisse? Was git die das aa?, meckeret er. Aber nume zu sich sälber. Ja, was söll er jetze? Ds Frölein het doch rächt. Der Entscheid, meh oder weniger z ässe, ligt bi ihm. Weniger, meint er won er i Spiegel luegt u sys Büchli gseht.

Läck isch das e Hitz! U nid emal Musig. Nume ds monotone Grüsch vomene Ventilator – wo glych nüüt nützt. Am Liebschte möcht er usschla. Möchti linggs u Rächts a d Wand poldere. U der Spiegel zertrome. Dä wo ihm sy unförmig Körper so schonigslos widergit. U di zwöi Paar Hose wo nid passe. U der Gedanke, scho wider es grössers Nummero müesse z näh u der Fruscht, jetze nume afe eis paar Hose gfunde z ha – u de ersch no settegi, wo nid ganz passe.

«Die nimen i», seit der Max zum Frölein u erchlüpft ab sym stränge Ton. Ihre schynt das aber gar ke Ydruck z mache. Si lächlet ne aa, nimmt ihm di z grosse Hose ab u leit di z Chlyne ufe Ladetisch.

Nachdäm er zahlt het, verlat er das Gschäft fluchtartig. Ds «Adiö» u ds «Merci vil Mal» nimmt er nümme wahr. Use jetze! Wils sogar im Lade inne unerträglech heiss isch worde.

U yne jetze i d Beiz, wo grad gägenüber ligt. Es dünkt ne, der erscht Schluck Bier heigi no sälte so guet gschmöckt. Won er aber bim Letschte aachunnt, chunnt ihm i Sinn, was er sech vorgno het gha: Zwöi Paar Hose u zwee Pullover ga choufe! Jetze hocket er da. Mit eim Paar unpassende Jeans. Ja nu. De geit er halt hei syre Frou ga säge, är heigi nöischterdings de ds Sibenezwänzgehalb, we ihre de öppe einisch es Paar Sunntighose sötte übere Wäg loufe. U d Pullovergrössi vo ihm, di wüssi si ja.

Gwicht

Heit dir o so eini? So eini, wo – we dir druf stöht – sech e Schibe dinne dräit u nech de ds Gwicht aazeigt. U we dir nid druffe stöht, zeigt di Schibe uf der rächte Syte es Null u uf der lingge Syte hundert, oder hundertzwänzg, je nach Modäll.

Äbe, i ha o so eini. Gha. Leider. Warum i «gha» u «leider» schrybe, möchti öich jetze verzelle.

Di Waag isch nämlech ganz es gäbigs Ding gsy. Nid dass i jede Tag druf gstande wäri. Nenei, so nötig han i d Gwichtskontrolle de doch nid. Aber öppe einisch, meischtens nach emene Fescht, oder nach chli z lang im Usgang sy, han i doch wölle wüsse, i welere Form sech di «Sünd» het nidergschlage. U de bin i druf gstande uf di Waag. Zersch mit em rächte Fuess. U de het sech di Schibe drinninne aafa drääie un es het feiechli es Rattere u Pischte usglöst. Wen i de der zwöit Fuess ha druf gstellt, isch si de naadisnaa zum Stillstand cho. U de han i myner Sünde chönne abläse. Meischtens isch es nid so dramatisch gsy. Eis, zwöi Kilo meh, hets ja möge erlyde.

Wes de aber meh aazeigt het, als ig mir vorgstellt ha gha, de han i uf dere Waag chli chönne ds Gwicht verlagere. So vor Gwichtsverteilig uf der ganze Platte, häre i ei Egge. Mit chli entlaschte vom einte Bei, häre zum Andere, het sech de albe öppis ta. Da han i de no schnäll einisch zwöi Kilo chönne verändere. Gäge ache, natürlech.

U wen i de albe erchlüpft bi ab myre Gwichtszuenahm, isch die Müglechkeit de di Einzegi gsy, my Moral wider einigermasse i ds Lot z bringe. Mit chli hin u här weiggele, mit chli drücke u verlagere, het

mi doch de albe wider dünkt, so schlimm, wien ig be-
fürchtet heigi, sygis doch de no nid.

Aber äbe. Schynbar het das Rangge u Drücke Spu-
re hinderla. I bi no es paar Monet lang stolz gsy druf,
dass i geng glych schwär bi gsy. Jedefalls het my
Waag mir das so gseit. U o bschysse han i nid mües-
se. Geng, wen i uf d Waag gstande bi, het si mir uf
ihrer Schybe myner achtzg e halb Kilo aazeigt. Un i
bi z fride gsy!

Won i du einisch i ne Lade bi ga nöij Hose probie-
re, u di gwaneti Grössi ha wölle aalege, han i gmerkt,
dass d Jeans-Produzänte de ömel donners änge Züg
härstelle u der Schnitt um ds Gsäss um o nid myne
Vorstellige entspricht. Won i ds Frölein druf aa-
gsproche ha, hets nume troche gseit, dass sygi halt
jetze Mode. Aber di Grössi, won i da heigi füre gno,
wärdi mir sowiso nid gah. Da müessi doch de es
Nummero oder zwöi grösser fahre.

Frächi Täsche, han i dänkt. I wirde my Hosegrössi
wohl no wüsse. U lut myre Waag, het sech a myne
Kilo ja i de letschte Monet gar nüüt veränderet. Ide-
algwicht u dür das o Idealfigur. Natürlech, es Büchli
scho afe, aber das ghört doch chli derzue i däm Alter.
Also nüüt dramatisches. U jetze die, wo seit, i bruchi
grösseri Hose als bishär. Ke Ahnig het die!

I ha du ömel kener gchouft u bi deheime äxtra no
einisch uf d Waag gstande: achtzg e halb Kilo. Has
doch gseit. Nüüt vo grössere Hose.

Chli später bin i du bi öpperem z Bsuech gsy u ha
uf d Toilette müesse. Won i dert im Bad e digitali
Waag ha gseh stah, hets mi doch wunder gno, was
die so aazeigt. Eigetlech hets mi meh wunder gno,

wievil Gwichtsabwychig so mechaneschi Waage gägenüber de Digitale hei.

Won i du bi druf gstande, han i myne Ouge nid trouet! Füf Kilo meh als Myni, zeigt die da aa. Jetze han i natürlech aafa rätsle. Weles Gwicht stimmt äch? Das hie oder das bi mir deheime? Weli het Rächt? U du bin i zum Schluss cho, dass so ne Waag ja würklech nüüt nützt, we si so ungenau isch. Eh ja, schliesslech hätti – rein theoretisch – my Waag ja o chönne die Kilo gäge unde weniger aazeige. U so hätti es Gwicht vo öppe sibenesibezg Kilo. Also bin i vilecht nume sibenesibezg Kilo schwär. Das wäri ja immehin o müglech. Wil: Di füfenachtzg e halb Kilo vo dere frömde Waag, chöi ja sicher nid stimme.

Aber di Ungenauigkeit het mer ggä z dänke. E anderi Müglechkeit isch mir o no düre Chopf: Was isch, we my – zuegä, afe chli alti – Waag eifach gar nümme meh cha aazeige, als die achtzg e halb Kilo?

Drum bin i du uf d Suechi nach Informatione. U wo geit das ringer, als imene Gschäft, wo so Dinger verchouft wärde. I ha niemer müesse frage. Uf de Packige isch gstande, dass d Mässgenauigkeit vo de nöie, digitale Waage, je nach Prislag, zwüsche hundert u füfhundert Gramm ligt. Sötti äch so eini choufe?

I bi du no einisch hei uf Myni ga probiere. Achtzg e halb!

Won i du chli uf un ab ghüpft bi, han i gmerkt, dass di Schibe ja genau bi däm Gwicht aastellt u sech kes Gramm wyter ueche lat la bewege. U o mit Gwichtsverlagere u chli hin u här sperze, isch nüüt z mache gsy: achtzg e halb.

Für sicher z sy, han i du no der Wöschchorb i d Hand gno u ache gluegt: achtzg e halb.

Du hets mi hinde im Äcke chli aafa gramüsele. Wie schwär bin i äch würklech? Het äch di Waag bi de Fründe rächt? U dermit o ds Frölein im Lade? Sy also nid d Hose z chly, sondern my Umfang z gross?

Jetze isch mir nüüt Anders übrig bblibe, als e nöij Waag ga z choufe. I ha mi gwüss fasch chli gfürchtet, uf se z stah. Nid wil i gloubt hätti, si chönnti kaputt gah. Nei, i ha Angscht gha vor der Zahl, wo si mir schonigslos u digital wird a Gring pänggle.

I ha du no probiert, chli z rangge. Chli ds Gwicht i ei Egge z drücke. Aber das het bi dere nöie Mässtechnik gar nüüt gnützt.

Un i ha einisch meh gmerkt, dass nid jedi nöij Erfindig nume Vorteile bringt ...

Crepes Suzette

Es het einisch e Zyt ggä, won i mi sälber ha verpflegt. Gnau gseit, i ha über ne lengeri Zyt sälber ghushaschtet u äbe o sälber gchochet. Wahrschynlech dänket dir jetze: ja nu, das tüe Ander o. Was söll da Speziells dranne sy?

Eigetlech heit dir scho rächt. Es isch i der hüttige Zyt ja nümme Bsunderigs, we ne Maa chochet. Aber bi mir isch das äbe halt no chli anders gsy.

I ha vor füfedrissg Jahr i der Chochschuel glehrt, wie me Riis chochet, e Crème macht un es Fondue zuebereitet. Aber äbe: vor füfedrissg Jahr! U denn het üs Giele der Wy, wo hätti i ds Fondue sölle cho, meh interessiert, als di richtegi Zuebereitig vo dere Chässuppe. Churz: Das won i dert glehrt ha, het nid grad allzu vil härggä.

U glych isch öppis bblibe. Öppe es Tee oder es Süppli, han i scho chönne plodere. Oder e gäbige Bitz Fleisch i d Pfanne gheie u luege, dass er no vorem schwarz wärde wider drus usechunnt, geit o.

Won i du aber elei bi gsy, hets mi gjuckt, nid nume Teiggaffe u Büchslisauce z plodere, sondern einisch so öppis Richtigs u Guets ufe Tisch z zoubere.

Für settigs nimmt me Chochbüecher i d Hand. U da het du äbe mys Eländ aagfange.

I ha no gwüsst, dass me früecher Betty-Bossy-Chochbüecher rächt het grüehmt. Also bin i uf d Suechi nach so emene Schunke. Aber äbe: Da gits ja jedi Art u Unart vo dene Chochbüecher. Vo Vegetarisch über Bache, vo Party über Chäschuchi u vo Fisch zu Gmües, überchunnt me würklech di ganzi Palette über d Chocherei aabotte. I ha mi du entschide für

«Kulinarische Ferienträume». Es herrlechs Buech – het mi dünkt.

I bi voller Fröide gäge hei zue u ha mir vorgno, am Wuchenänd so nes richtigs Feriegricht z plöderle. Voller Tatedrang bin i häre ghocket u ha es Rezäpt wölle useläse. Aber oha! Da hets e Umängi vo gluschtigem Züg dinne gha. I ha mi fasch nid chönne entschliesse, was i wott choche. Irgendeinisch het mir du ds Bildli vo de «Crepes Suzette» gfalle. U wils es französisches Rezäpt isch gsy, hets mer o no passt. Schliesslech heige ja d Franzose eini vo de beschte Chuchine vo der Wält, seit me.

Also: Crepes Suzette! Scho nume vom Dradänke u vom Bildli aaluege, han i Hunger übercho.

Aber nüüt isch. Zersch mues ygchouft sy.

I ha mer all di Zuetate ufene Zedel gschribe u bi i ds Coop gstüret. U da het du scho di erschti Überraschig uf mi gwartet. Im Rezäpt isch gstande «75 g Mehl». Heit dir scho einisch füfesibezg Gramm Mähl gchouft im Coop? Nobis! Es Kilo mues me da hei schleipfe, für füfesibezg Gramm dervo z bruche … Ufem Rezäpt steit wyter: «2 Teelöffel Puderzucker». Chöit dir nech das Gfüehl vorstelle, won i ha gha, im Coop, vorem Gstell mit em Puderzucker? Zwee Teelöffel steit ufem Rezäpt – un es Päckli steit im Regal. Es ganzes Päckli – für zwee Teelöffel. Ja nu.

Wyter.

Butter oder Margarine, flüssig. So steits i däm Chochbuech. Nach langem Sueche i verschidene Regal, isch du o mir klar worde, dass me der Anke ja deheime cha flüssig mache u dass wahrschynlech der Coop us däm Grund der Anke nume i feschter Konsistänz verchouft. Also es Mödeli Anke – wäge zwänzg Gramm.

«Zwei unbehandelte Orangen»! Was söll jetze das? Gits de behandleti Orangsche? Sy das de scho bereits gschunteni? Cha ja nid sy. Süsch wärs ja de irgend e Vitamindrink. Uf jede Fall han i ke Hiiwys uf behandlet oder unbehandlet gfunde u eifach zwo Orangsche ypackt.

I chönnti no vil verzelle vo dere Ychouferei. Aber das würdi öich sicher längwyle. Nume so vil: I ha nie dänkt, dass i für ne Crepes Suzette fasch ds ganze Coop mues mit hei schleipfe.

U du bin i hinder d Chocherei!

«Ofen auf sechzig Grad vorheizen, Platte und Teller vorwärmen». Alls klar. Kes Problem.

Wyter.

Ds Mähl mit ere Pryse Salz inere Schüssle mischle. Was heisst eigetlech Pryse? So chli zwüsche d Finger näh u dry gheie? Oder emänt i di hohli Hand lääre? E Pryse Schnupf, ja da wüssti wievil. Vilecht chunnt ja das Wort Pryse o vo der Mängi bim Schnupfe. Sicherheitshalber han ig ufem Handrügge zwöi chlyni Hüffeli gmacht – u se du i d Pfanne gheit.

Zwe Deziliter Milch uf ds Mal derzuegiesse, glatt rüehre, steit. Was heisst glatt rüehre? Das isch ja e Pfludi, e Murer hätti gwüss Fröid a däm Pflaschter. U glatt rüehre würdi dä das Ganze o. Aber ersch, wen ers uf d Muur gschlargget het. U bi mir ligt dä Pfludi inere Schüssle. Glatt rüehre! Das sy glatti Cheibe, wo das gschribe hei …

I ha du dä Teil übersprunge, zwöi Eier u der Puderzucker dry gläärt, u du äbe der Anke flüssig gmacht. So nes Theater! Wäge däm Chnübi Anke e Pfanne ga z verdräcke!

Wyter isch ufem Rezäpt gstande, dass di ganzi Sach zumene glatte Teig z rüehre syg. Scho wider glatt. E glatti Sach! I ha du eifach drinn ume grueden ret, bis me vo nüütem meh öppis Gnaus gseh het. Dürmischt han i das Ganze. Glatt hin oder här.

Nächär isch gstande: «Zugedeckt bei Raumtemperatur 30 Minuten stehen lassen». Wiso han i äch de scho d Täller i Bachofe müesse tue? Das wäri ömel später o no früech gnue gsy.

Ja nu.

Jetze zu der Sauce. U dermit zu der behandlete oder unbehandlete Orangsche. «Wenig dünn abgeschälte Schale ...», steit im Buech. Was söll ömel das jetze o heisse? I bi langsam am Choche, obwohl i – näbscht em Anke – no grad gar nüüt gchochet ha. No einisch läse: «Wenig dünn abgeschälte Schale». Wenig dünn heisst ja doch dick. Logisch. Sowyt so guet. E Schale abschäle? Schinte? D Orangsche schinte! Das söll no öpper verstah. Schrybe die doch «wenig dünn abgeschälte Schale einer Orange» u meine eifach d Orangscheschinti. So ne Quatsch! Komplizierter chönnti me das ja de scho nid schrybe. Nu. I ha du jedefalls d Orangsche gschunte. I dicke Schale. Suber. Won i du di Schinti, zäme mit em – wider flüssige – Anke, em Zucker un em Saft vonere Zitrone ha sölle «einköcheln», isch mer ds Ganze chli gspässig vorcho.

Aber der nächscht Programmpunkt het mer wider zuegseit. Ei Dezi Grand-Marnier han ig us dere nöie, natürlech sibedeziliter grosse Fläsche, i d Pfanne zu Orangscheschinti u Co gschüttet – u du no grad es Glesli für mi gnähmiget. E Rosé wäri mer zwar lieber gsy, aber zu Crepes Suzette schynt Grand-Marnier besser z passe.

Ytem. I ha das Ganze glych no la «einköcheln». Was das eigetlech hätti sölle, isch mer no hütt es Rätsel.

Wyter.

I ha mi du wider em Teig zuegwändet. Aber o was di halb Stund het sölle, han i nid begriffe. Dä Tanggel het no geng glych usgseh.

I bi du drahi u ha Teile vo däm Teig i d Bradpfanne ta. Das het du bruzzlet u gschmöckt. Mhhh!! Aber späteschtens bim Programmpunkt Crepe wenden, hets aafa aastelle. So ne Flade eifach z chehre, ohni dass er zerkeit, cha vilecht e Profi. Aber sicher nid so en Amateur, wie i eine bi. Natürlech han i gwüsst, dass me d Pfanne chönnti näh u dä Flade la dür d Luft würble, so, dass er de uf der andere Syte wider i der Pfanne landet. Aber mir ischs nid drum gsy, aaschliessend a my Chocherei, d Tili u der Bode ga vo Bratfett z befreie. Drum han i mit Chellene, beidhändig, probiert das Problem z löse. Mit mässigem Erfolg. Us eire Crepe hets du Dreie ggä …

U das het du ds Problem no verscherft. Nach Chochbuech hätti me nämlech di ganzi Crepe sölle zu Viertle falte. Chönne vor Lache, we me statt eim Rundumel, drei unglychgrossi Bitze het …

Ja nu. I ha mi du entschide, di Falterei la z sy u ha di drei Bitze i d Pfanne mit der Orangscheschinti gheit. Ja, gheit. Mittlerwyle bin i nämlech uf dä, wo das Rezäpt gschribe het, so hässig gsy, dass i di ganzi Üebig am Liebschte abbroche hätti.

Aber der Gring het mers nid zueggä. Öppis isch nämlech no bevor gstande: flambiere!

Die Crepes sy also i der Pfanne gläge. Zwüschueche het d Orangscheschinti usegluegt. Un i du mit em vorgschribnige Cognac drüber. U jetze: Füür!! Gspannt han i gwartet, was passiert. Nüüt! Gar nüüt! Dä Plunder isch unmotiviert i dere Pfanne gläge, u het u het sech nid la aazünde. Zum Glück han i der Cognac i der Nechi gha. I ha ne brucht. Aber nid zum Flambiere.

Di Chocherei isch mer z Hudel u z Fätze verleidet. Vor Verrückti han i d Pfanne gno u di Flatzlige mitsamt Orangsche, Anke u all däm Züg i d WC-Schüssle gheit. Der Cognac het mi zwar gröit. Aber was wosch, we die so unbruchbare Züg schrybe.

I ha mer du e Chochete Spaghetti über ta, u nächär no es Glas Tomatesauce drüberglärt. Während em Ässe han i di kulinarische Ferietröim no einisch dürebletteret. U du han i dänkt, es chiem älwä günschtiger, di Crepes Suzette z Frankrich ga z ässe, weder dass ig se probiere sälber z mache.

Ds Vögeli

Myner Gedanke verschwinde fasch im Bildschirm vo mym Computer, wo vor mer steit. Alls dräit sech umene nöij Gschicht. Chrampfhaft suechen i nach Wändige, Wäge u Lösige.

Päng!

Was isch jetze das gsy? E dumpfe Tätsch vom Fänschter här. Wahrschynlech e Vogel, wo nid het chönne underscheide zwüsche Luft u Glas.

Oh je! Hets em äch öppis ta?

I drääie am Fänschterverschluss, tue der Flügel uf u luege ache. Dert, ganz a der Wand anne gsehn i es paar schwarzwyssi Fädere. I ma nid derzue recke. Si sy z wyt unde. Drum gahn i d Stägen ab u probieres vo dere Syte här. Irgendwie bin i chli ufgregt. Du lächerets mi sälber. Wil i dra dänke, wie mängi bränzlegi Situation ig i mym Läbe scho ha müesse meischtere. U jetze bibberen ig innerlech, wäge es paar Vogelfädere.

Aber äbe, es sy nid nume d Fädere. Nei, won i du ha derzue möge, han i gmerkt, dass das Vögeli am Tanneneschtli isch blybe bhange. Zum Glück! Süsch wärs de volländs im Gstrüpp inne verschwunde.

Isch es Angscht oder Verbarme, dass i lut zu däm Tierli säge: «E e, du arms Würmli. Was hesch de ömel o a däm Fänschter wölle? Hesch äch es Flügeli broche?»

Grad wie wen ig en Antwort würdi erwarte, luegen i das Tierli i myre Hand inne aa. Ds Schnäbeli hets offe. Der eint Fäcke hanget chli ache un es blinzlet mi schüch aa.

I breite es Tüechli i nere Kartontrucke us, lege das

Vögeli dry u frage mi, was i mit dere Situation söll aafa. Der Tierarzt! Das isch d Lösig! Am Telefon erklärt mer es nid allzu Mitleid häbends Frölein, i sölli das Tier e halb Stund i der Trucke im Fyschtere la lige u de luege, öbs wider chönni flüge. We nid, de sölli verby cho. Aber si chönne de eigetlech o nümme mache.

I tue also der Karton zue u warte. U ha Zyt zum Nachedänke.

Was, we das Vögeli würklech nümme cha flüge? Zum Tierarzt dermit? Fürs ga la z töte? Das chönnt ig ja sälber o. Früecher han i ja o Chüngle gmetzget. Also wirden i …

Wirden i?

Chönnt ig das no? Ja, u dörfti das eigetlech? «Du sollst nicht töten!», mahnts i mir inne. Natürlech, Mitmönsche sölle mer nid töte, isch öppe dadermit gmeint.

Isch?

Wo ligt de der Underschid zwüsche däm Vögeli u mene Mönsch? Natürlech: Mönsch u Tier. Das isch doch klar.

Isch es?

Sy mer nid beidizäme eifach Läbewäse, das Vögeli un ig? Hei mer nid beidi ds Aarächt – oder ömel z Mindscht der Wunsch – uf Läbe, das Vögeli un ig?

U jetze isch es da inne i dere Trucke. Un i warte druf, müesse z entscheide über Läbe u Tod. I mues entscheide – oder dä Entscheid feig em Frölein i der Tierklinik überla. All di Gedanke beelände mi.

I sueche Ablänkig. I setze mi wider a Computer u probiere my Gschicht wyter z spinne. Aber nüüt isch!

Geng u geng wider stolperen i über di Frag: Han i ds Rächt, han i d Pflicht, Läbe uszlösche? Läbe uszlösche, wes um ds Lyde vomene Tier geit?

U wes de um ds Lyde vomene Mönsch geit?

Mir wirds richtig schlächt. I merke, wie mer di Gedankegäng vil Chraft näme. I gspüre, was für nes Nüüt ig i däm ganze Universum inne eigetlech bi. Da flügt es chlyses Vögeli i nes Fänschter u dä achtzg kilönig Bitz Mönsch gheit us sym Trapp use u stolperet über so ne banali Situation.

Was jetze?

Ga luege, was das Vögeli macht? Es isch zwar no nid ganz e halb Stund här syder. Aber vilecht het mer d Natur d Entscheidig bereits abgno u das Vögeli läbt scho nümme. I tue ganz süferli der Techel uf. Mool, da steits no – u schwupp!

I bi rächt erchlüpft, wo das Tierli plötzlech furt flügt. Lang luegen ig ihm nache. Nachdänklech. U chli über mi lächlend.

Wie het jetze das chlyne Tierli e Halbstund vo mym Läbe prägt? Gwüss no sälte hets öpper z Stand bracht, mi i so churzer Zyt därewäg us der Fassig z bringe.

Es brucht halt mängisch wenig, für ne Mönsch i syne Grundfeschte z erhudle. Es brucht zum Bispiel nume d Frag: Söll i, darf i, mues i töte, wes nötig isch? U: Wenn isch es nötig?

Ganz langsam lisen ig mi wider i my Gschicht yne u hoffe für das Vögeli, dass es sy Familie wider gfunde het.

U für mi hoffen i, dass i myre Läbeserfahrig wider es Mosaiksteindli ha chönne aafüege.

Ds Schwümmli-Froueli

Wie lang isch es här, syder? Mi het dennzumal, ds Schicksal chli hert dra gno gha un i ha e Zytlang nümme gwüsst, wodüre my Wäg füehrt. Ja, i ha sogar zwyflet dranne, öb er überhoupt söll wyter gah.

Mys Grossmüeti het mi du denn am Arm gno u mi zu üsem Bänkli ueche gfüehrt. Zu däm Ort, won i scho als chlyne Stünggel – u druf ache geng u geng wider einisch – mit ihm häreggange bi, we mi öppis plaget het.

Dert, a däm spezielle Ort, het mir ds Grossmüeti du vonere Gschicht brichtet, won äs sälber het mitübercho, wos no jung isch gsy. Verzellt het ihm se ds Schwümmli-Froueli. Es alts, ganz eigets Persöndli, wo denn elei im Wald mues gläbt ha. Hütt würdi me nem wahrschynlech Heilere, Hellsehere, Waldfeh, oder vilecht Häx säge.

D Gschicht sälber isch mindeschtens so kuurlig, wie ds Schwümmli-Froueli. Aber we me chli drüber nachedänkt, chönnti si sogar stimme. Mir het si ömel denn gholfe.

Das Froueli heigi sech über ds Läbe u ds Stärbe so güsseret:

«We mir einisch nümme uf dere Wält sy, göh mir zrugg i üsi himmleschi Schuelstube. Das isch dert, wo mir üs alli wider zämefinde. I dere Schuelstube het jedes vo üs e Stuehl un es Pult. Ufem Pult steit üse Rucksack. U i däm inne hets Ufgabe. Je nach däm, wie vil Ufgabe mir i üsne früechere Läbe scho hei chönne erfülle, isch dä Rucksack no schwärer oder äbe scho liechter. Mir göh geng wider zrugg uf d Wält für ga Ufgabe us däm Rucksack use z erledige. Die wo kener Ufgabe meh im Rucksack hei, di göh o wider ache. Aber nid als Persone, sondern als Ängel. Als Schutzängel zum Bispiel.

Vom Schuelzimmer us gseh mir uf d Wält ache. Gseh d Lüt desume loufe. Wärche, usrueje u diskutiere. U mir gseh o Päärli wo beschliesse, ds Läbe gmeinsam i Aagriff z näh. Bi dene Päärli gseh mir o i ihre eiget Rucksack yne. Mir gseh, was die während ihrem irdische Läbe a Ufgabe wette löse u wette los wärde. Das Ziel zieht sech wie ne rote Fade dür ihres Läbe.

We so nes Päärli es Chindli erwartet, chöi mir als Seel uf d Wält zrugg gah u i däm Chindli wider gebore wärde. Aber äbe de nid eifach i irgend e Familie yne. Nei, mir chöi mit Hilf vo däm rote Fade öppe luege, was mir dür das nöie Läbe für Ufgabe us üsem eigete Rucкseckli chönnte erledige. Das heisst aber nid, dass die Ufgabe de outomatisch o erlediget sy, we mir us däm nöie Läbe wider zrugg i di himmleschi Schuelstube chöme.

Wie i jedem Läbe hets o da Unbekannts. Het Chnörz, Yflüss, Wändige, wo üs d Ufgab uf der Wält unde nid liecht mache. U mängisch chöme mer zrugg u hei keni vo dene Ufgabe im Ruckseckli chönne erfülle. Oder mir hei ganz anderi Ufgabe erlediget, als mer nes vorhär vorgno hei gha.

Der Grund isch natürlech, dass mir – sobald mir wider uf der Wält unde sy – ke Ahnig meh hei vo all üsne Ruckseckliufgabe. Drum wüsse mer hie unde halt o nid gnau, warum mer da sy. Aber ahne tüe mers irgendwie. Di Einte chli meh, di Andere chli weniger.

Das isch my Ystellig zum Läbe. U o die zum Stär-be. I fröie mi, hie chönne z sy. Un i fröie mi o, wider i di himmleschi Schuelstube dörfe zrugg z gah. Bis denn aber han ig hie no vil z tüe. Läb wohl!»

So heigi ds Schwümmli-Froueli gredt. U syt mir ds Grossmüeti die Gschicht verzellt het, glouben ig o, dass mir zrugg chöme. Dass mir üs wider wärde gseh. Öb all das, wo das alte Froueli denn uf sy Art verzellt het, so o stimmt, isch für mi gar nid so wich-tig. Wichtig isch nume z wüsse, dass alls, wo da unde passiert, sy Sinn u sy Zwäck het.

Es isch mängs, mängs Jahrzähnt vergange syder. Ds Schwümmli-Froueli u o ds Grossmüeti sy beidi scho lengschte wider zrugg i di himmleschi Schuel-stube.

Un i hocken wider einisch uf däm Bänkli, luege übere uf di lüchtendi Bärner Alpechetti, dänke zrugg a mys Läbe u weis, dass i wyterhin der rot Fade wir-de sueche.

Gäld us Plastic

«Hä?»

Der Kobi luegt unglöibig dry! Vor ihm steit e junge Japaner u het ihm e Bitz Plastic häre.

«Di sy de scho komisch, di Usländer», dänkt er. Zum Glück chunnt jetze d Nadja, sys Grosschind, yne. Süsch wüsst er gwüss nid, was er mit däm Frömde sötti aafa.

Kobi setzt sech hinde im Egge uf ds Tabourettli. Interessiert luegt er zue, wie d Nadja däm Japaner Chäs verchouft. Si isch gschickt. U fründlech. Un är isch gwüss chli stolz uf se.

Aber was isch jetze o settigs? Dä Japaner steckt dä Bitz Plastic, won er vori scho ihm het häre gstreckt gha, i ne Schlitz yne u tälplet uf so mene Chlotz öppis desume. Das wäri ja no ggange. Kobi isch sech afe gwanet, dass er nümme geng alls begryft. Aber wo du dä Japaner geit – ohni z zahle! – u wo Kobi gseht, dass d Nadja däm o no fründlech d Türe uftuet u adje seit, begryft er d Wält ändgültig nümme.

Kobi sy Wält isch halt anders. Är isch als Zweits vo füf Chind uf d Wält cho. Syner Eltere hei z hinderscht im Tal hinde es Heimet gha. Bärgpure sy si gsy. Düre Winter dür het der Vatter mit de eltischte Chind gholzet u düre Summer dür sy si zäme z Bärg ggange. So het das scho der Grossvatter vo Kobi, so hets der Vatter, u so hets o der Kobi gmacht. Was het er Anders wölle? D Schwöschtere hei ghürate u d Brüeder hei mit em Tourismus chönne ihres Ykomme bestritte. U so isch Kobi dä gsy, wo d Purerei het überno. Gärn het überno. Ihm hets gfalle, mit der Natur zäme z läbe. Är het syner Tier gärn gha u düre

Summer dür z Bärg z gah, isch für ihn jedes Mal es Erläbnis gsy. Natürlech isch ds Älplerläbe hert. Geng dusse, geng am Wärche. Nie Samstig oder Sunntig frei. Derfür het er de albe di gmüetleche Aabete gnosse, won er mit syre Frieda vorusse no chli ufem Bänkli het chönne höckle u öppe eis tubäckle.

Ja, sy liebi Frieda! Vor vier Jahr isch si gstorbe. Plötzlech. Eifach furt! Das het ihm schuderhaft Müei gmacht un er hätti eigetlech o nümme wölle läbe. Aber äbe, da cha me nid useläse. Das het Kobi gwüsst u het sech i sys Schiksal gschickt. Sy Sohn het d Purerei scho vor paarne Jahr überno gha. Kobi u d Frieda hei no im glyche Huus chönne wohne un es isch eigetlech rächt guet ggange zäme. Si hei beidi no chli chönne hälfe. D Frieda i der Hushaltig u der Kobi im Stall. U im Summer ufem Bärg! Bis vor vier Jahr isch er jede Summer sym Sohn uf d Alp ga hälfe u sy Fröid am Älplerläbe isch unbroche bblibe.

Bis zu däm Momänt, wo d Frieda gstorbe isch. Vo denn a isch er nume no umeghocket u het Trüebsal bblase. Daderdür isch er syne Lüt ke Hilf meh gsy u isch zur Belaschtig worde. Glücklecherwys het er das no sälber gmerkt u o ygseh. Drum het er em Vorschlag, dass si wölle luege, öb er im Altersheim e Platz überchöm, no gly einisch zuegstimmt. Är het sälber gwüsst, dass e Mönsch, wo ufemene Heimet nümme cha Hand aalege, ke Hilf meh isch.

Im Altersheim hets ihm guet gfalle. Er het zwar ds Höi nid mit allne Lüt uf der glyche Bühni gha. Aber Schwirigkeite het er nid übercho. U o nid gmacht.

Nume äbe! Syt er im Altersheim isch, frage ihm syner Lüt nümme vil derna. Chuum öpper chunnt ne cho bsueche, chuum öpper interessiert, wies ihm geit. Das het ne scho hert. Är, wo mit syne Lüt geng Kontakt het gha, isch plötzlech elei. U nume no vo Glychalterige umgä.

Drum isch der Bsuech vo syre Grosstochter umso überraschender cho. Si isch amene Sunntig ufgchrüzt u het gseit, si heigi dänkt, jetze, wo ds Veh z Bärg göng un är hie unde müessi blybe, wöll si doch einisch cho luege, wies ihm göngi.

Är het ihre du chli gchlagt, dass ihm halt d Abwächslig fähli u dass er doch no gärn chli meh würdi gseh, weder nume d Muure vom Altersheim.

D Nadja het gspürt, was ihrem Grossatt fählt. Si het sech vorgno, ihri Vorgsetzti z frage, öb si ihn nid öppe einisch dörfti mit sech uf d Arbeit näh. Di het gar nüüt dergäge gha u so isch es cho, dass der Kobi eines Tages het dörfe mit der Nadja mitgah.

D Nadja het als Verchöifere inere Molkerei gwärchet. Chundschaft hei si us de verschidenschte Richtige gha. Yheimischi hei sech abgwächslet mit Tourischte. Di Abwächslig het du Kobi guet ta. Är het gstuunet, was i däm Lade alls abotte isch worde u het mängisch uf de Stockzähn glächlet, wen er gseh het, was d Lüt alls für Züg ygchouft hei. U öppe einisch het er sech sogar gfragt, öb die all das, wo si da hei trage, de ömel o möge ässe.

Aber no öppis Anders het ihn interessiert: ds Chäse! Si hei i dere Molkerei no jede Tag sälber Chäs gmacht. Da het er natürlech sehr ufmerksam zuegluegt. Är, wo jahrzähntelang Milch zu Bärgchäs verarbeitet het. Ihm hets gfalle. Obwohl er der Meinig isch gsy, das Gstüürm wäge dere Hygiene sygi wohl fürchterlech übertrybe. Wen är denn am Bärg so hätti wölle, är wär wohl no im Winter am Chäse gsy.

Nu. Kobi höcklet jetze uf sym Tabourettli u grüblet däm Bitz Plastic vo däm Japaner nache. Wo d Nadja einisch kener Chunde meh het gha, hets ihn du doch wunder gno: «Los einisch, Nadja. Wiso het dä Japaner vori nid zahlt?», fragt er se.

«Wiso meinsch, dä heigi nid zahlt?», tuet si erstuunt.

«Eh i ha ömel nid gseh, dass dä es Nötli füre gno hätti», seit er.

D Nadja merkt, dass sy Grossvatter wahrschynlech d Zahligsmüglechkeit mit ere Kreditcharte no nie gseh het u se drum nid kennt. Si seit: «Weisch, hütt mues me nümme Nötleni u Münz mit sech ume trage. Für das het me jetze so ne Plasticcharte. Di steckt me i ne Schlitz yne, drückt e bestimmti Zahlefolg – u scho isch zahlt.»

Kobi het lang nüüt gseit. Das het zersch müesse überleit si. Är höcklet uf sym Stüeli, het der Chopf chli schreg – u dänkt.

«Ja aber – het de das i däm Plasticchärtli inne Nötleni?», fragt er du unglöibig.

«Ja, me chönnti däm so säge. Aber di sy nid würklech i däm Chärtli inne, sondern ufemene Bankkonto. Dert wird de di Summe, wo me i das Chäschtli ygit, abzoge.»

Kobi het wider müesse studiere.

«Das dünkt mi no cheibe gäbig! Da chasch ja de Gäld bruche, ohni dass du Gäld hesch», kicheret er.

Sys schelmische Lächle zeigt, dass er das nid so ärnscht meint, wies tönt het.

Är dänkt wyter. Nach emene Zytli fragt er du: «Ja, aber wär de vorgseh, später einisch nume no mit so Plastic z zahle?»

D Nadja, wo o nid sicher isch gsy, öb das würklech würdi funktioniere, seit du – wil si ke Grund gseht, z verneine: «Ja, i gloubes scho!»

Nach emene Momäntli macht der Kobi ganz es strängs Gsicht u streckt sech. De Runzele aa, wo sech uf syre Stirne bildet hei, gseht me, dass er die Ussag nid cha akzeptiere. U würklech. Är seit dezidiert: «Das geit aber nid!»

«Warum de nid?», fragt d Nadja erstuunt.

«Stell dir einisch vor: Mir im Altersheim tüe ja öppe einisch jasse. Geng umenes Zwänzgi. I chönnti mir nid vorstelle, wie das wäri, we Hänsel – är verliert am Meischte! – jedesmal müessti sys Plasticchärtli zücke. Ää! Nei, bi Gott! Das geit nid. O drum nid, wil i di Zwänzgeni, won i ihm scho abgchnöpft ha, wott vor mer gseh!»

Dermit überchunnt er wider sys schelmische Gsichtli, leit der Chopf uf syner runzelige Händ wo ufem Haaggestäcke lige u luegt luschtig düre Lade us.

«Nenei, Hänseli! Dyner Zwänzgeni wott i gseh ufem Tisch lige. Nobis Plastic. Dä wo das erfunde het, het älwä no nie gjasset! Plastic statt Zwänzgeni! E, e. So öppis!»

Du schüttlet er sy Chopf u me gseht, dass er i Gedanke bim Jassdecheli isch. Bim Tisch, wo Hänsels verlorene Zwänzgeni druffe lüchte.

Konzärt u Theater

So steits mit schwarze Buechstabe uf hellbrunem Papier gschribe. Drunder «Gemischter Chor Tägertschi». U de no ds Datum.

Mir stöh vor em «Gasthof Wilhelm Tell» un i luege a myner Hose ache. Han i äch öppis Lätzes aagleit? D Lüt luege üs so komisch aa. Oder isch es äch eifach, wil mer Frömdi sy? Wahrschynlech scho.

Zwüsche Ygangs- u Saaltür steit es chlyses Tischli. Derhinder zwee Manne. Em Schmunzle aa chönntes der Kassier u sy Stellverträtter sy. Schliesslech isch ja das der Höhepunkt im Kassierläbe: D Ynahme vo fasch emene ganze Jahr gseh yneztröpfele.

Der Saal isch nid gross. Aber er läbt! Nüüt vo Stadttheater, nüüt vo Provinzbühni. Nei. Eifach es Sääli, wo verschidnigs Züüg steit u hanget. Da sy Glogge a der Wand z bewundere. Imene Egge steit es alts Buffet u anere andere Wand sy Chäschte ygla, wo ds Vereins u Trophäewäse vo de Hornusser un em Schwinglklub zeige.

«Chasch afe ga hocke? I mues no schnäll uf ds WC», sägen i zu myre Begleitere.

Logischerwys isch ds WC übere Gang übere, näbe der Gaschtstube, z finde. Im WC schmöckts nid nach Novartis oder nach WC Änte. Nei, es Chuemischtelet! Ganz e sympathische Gschmack! Einisch öppis Ungwanets, öppis Eigets.

Aber nid nume der WC Gschmack zeigt, dass mir hie inere ländleche Gägend z Bsuech sy. D Manne hei Mälcherhänd. Händ, wo so ne Büromaa müessti fürchte, wen er nume die würdi aaluege. Aber d Händ, zäme mit de Gsicht, mache nid Angscht. Nei, im Gägeteil! Di Manne strahle e Guetmüetigkeit us, wo eim bis z innerscht yne wohl tuet.

Hinder der Bünhi wird glöggelet! Me wott aafa. Der Vorhang geit uf un es wunderschöns Bild präsentiert sech de Zueschouer. Der Gmischt Chor Tägertschi i verschidenschte Trachte. Vor Gotthälfüber d Tschöpli-, bis hi zu der Bärner Sunntigstracht gseht me alls. Es Bild – der Simon Gfeller würdi sy helli Fröid dranne ha. Aber nid nume d Froue sy useputzt. Nei, die – leider! – wenige Manne hei sech o i ds Halblynige gsürzt u strahle mit de Froue um d Wett.

Dass grad zum Aafang ds Ämmittaler-Lied gsunge wird, isch eigetlech schad. I hätti mer das zum Schluss gwünscht. So als yheimisches Füürwärch! Aber ds Lied «Chilchli» risst mi zrugg i d Vergangeheit. Wie mängisch hei mer äch das deheime gsunge? Während em Abwäsche, während ere Outofahrt, oder o während em z Bärg gah. Bim, bam – bim, bam.

D Froue gä sech grossi Müei. U das Lied schynt ne o z lige. Natürlech tönts nid wie ab ere CD. Ke lupereini Musig in Stereo. Nei. Hie u da preicht öpper der Ton nid ganz so, wies d Dirigänti oder süsch ömel de der Komponischt vorgseh hätti gha. U o d Manne hei ihri liebi Müei, mit ihrne töife Stimme ds Ganze z trage. Es sötte halt meh Manne mithälfe – es gieng de o de Froue ringer.

Nach emene musikalische Usflug i italiäneschi Gebiet wärde di wisse Rose z Athen besunge. Das Mal mit Klavier begleitet. Das Instrumänt hätti zwar o wider einisch e Bsuech vomene Klavierstimmer nötig, aber o hie macht der nid ganz perfekt Ton nüüt.

U wie sech das ghört, verlangt ds Publikum mit emene chräftige Applous e Zuegab. Bi dere gspürt me, dass de Sängerinne u de Sänger e Stei abem Härz gheit isch. D Erliechterig isch ne aazmerke! Wo der letscht Ton verklunge isch, wird glachet u di rote Backe vo de Froue strahle.

Aber als Titel isch ufem Blatt ja «Konzert u Theater» gstande. I bi gspannt, was da süsch no uf üs zuechunnt. Eigetlech isch d Zeichnig ufem Plakat chli verwirrlech, wil me sech gar nid cha vorstelle, dass i dere ländleche Gägend, mit mehrheitlech Burelüt als Zueschouer (ömel mir chunnts eso vor), es Theater mit Barocke Chleider söll ufgfüehrt wärde. Mir Usswärtige würde doch ehnder chli öppis vom Ernst Balzli oder vom Kari Grunder erwarte. Nid emal der Titel passt i d Gägend: Gspänschter!

Wider glöggelets u der Vorhang git üs langsam der Blick uf d Bühni frei. Würklech! Mi füehlt sech i ne anderi Wält versetzt. Schöni alti Möbel u Chleider, füehre üs i ne ganz anderi Zyt. D Schouspiler hei dä Gump o gmacht. Si spile ihri Rolle nid, nei, si läbe se! U zwar so, dass mir Zueschouer ersch zletscht merke, dass da ja nid e giftegi Frou Bondeli, es ufmüpfigs Nichteli Elsi, oder e noble Herr Wurstenberger uf der Bühni stöh, sondern wärschafti Ämmitaler Froue u Manne. Natürlech geits o hie nid ab, ohni chli z holpere. Aber das merkt der Zueschouer eigetlech nid u wenn, de weis er, dass er ufemene eifache Holzstuehl, imene chlyne Sääli, vorere no chlynere Bühni hocket u de Leieschouspiler zueluegt. De-

heime chönnt er das o ha. De würd er im Polschter-
sässel hocke u im Fernseh der Peter Steiner aaluege.
Wär das würklech ds Glyche? Nei! Bi Wytem nid!
Genau das Unperfekte, genau das Ächte, das Gläbte
isch es, wo der Zueschouer fasziniert! Un i gloube,
dass ds Leietheater Zuekunft het. Grad drum, wil mir
Mönsche gnue hei vom Perfektionismus. Vom geng
no meh u geng no besser. Mir wei einisch chönne
hindere lähne u chönne Fröid ha a Leischtige, wo we-
der i Hundertschtelssekunde no i Wytemeter chöi
gmässe wärde. U we sech de am Ändi vo so settige
Theater alli Beteiligte vor em Publikum verböige, de
tuets üs guet, we mer gseh, dass sech di jüngere Lüt
no vil wyter u ringer vor ache möge bücke als di el-
tere Semeschter.

O bim Applous zeigt sech, was Leietheater o no be-
dütet. I der erschte Reihe hocke nämlech jungi Lüt.
Kollege. Öppe vom junge Päärli. U was me i so em-
ene Saal eigetlech nid gwanet isch, mache si halt.
Unbekümmeret. Offe, fräch u frei: Si bringe ihrne
Gspändli e «Standing Ovation»! U das nid als Provo-
kation gägenüber de eltere Zueschouer. Nei! Ehrlech
u offe äbe! Di elteri Generation nimmts mit emene
Schmunzle zur Kenntnis.

Wie geng gits nach emene Theater i so chlyne Sääl
es Grangel umene Sitzplatz a de Tische. Das isch öp-
pis, wo o z Tägertschi derzue ghört. Familie wei zä-
me hocke. Fründe, wo sech vilecht nume einisch im
Jahr – äbe zum Theater z Tägertschi – träffe, wei
enand gägenüber sitze. Dass es da es Gstüpf git, isch
nid z vermyde. Aber schlussändlech het jedes sys

Plätzli gfunde u ds Schyzerörgeliquartett cha mit Musig mache aafa.

Bevor d Serviertochter chunnt cho frage, mit was me wölli der Durscht lösche, steit scho eini vo de Sängerinne i ihrer Tracht vor üs u het nes ds Löslidruckli under d Nase. U mir hei Glück. Uf drü vo füfzäh Los steit meh als nume «Pech gehabt» oder «Merci».

Nachdäm der erscht Durscht glöscht isch, hei mer Glägeheit, chli mit der Presidänti z brichte. Vo der chlyne Bühni mag si verzelle. Vo de Mitglider, wo nid nume us Tägertschi chöme. Aber o vo de finanzielle Ufwändige redt si. U mir gspüre, dass da – näbscht em Singe u Theatere – i sonere Vereinsfüehrig no ganz vil anderi Arbeit steckt. U no öppis chunnt füre. Öppis, wo mir i üsne scho fasch stedtische Gebiet meischtens nümme kenne: ds Mitenand! Es sy alli ufenand aagwise. Der Wirt mues sy Saal scho Wuche vorhär zur Verfüegig stelle – derfür chan er nach de Vorstellige wirte. D Froue hälfe mit Sälbergmachtem di schöni Tombola z gstalte u d Manne trage nach jeder Vorstellig tapfer d Kulisse ab der Bühni, wils süsch nid gnue Platz für d Tische hätti. Im Sääli hinder der Gaschtstube, löse Froue di gültige Nümmerli y u gäbe schöni Prise use, währenddäm ds Frölein Bondeli di verdiente Gratulatione i Empfang nimmt.

«Du, mir hei no nid alli Los verchouft! Was sölle mer jetze mache?», wird d Presidänti gfragt.

«Eh, mir probiere se de morn no los z wärde. Muesch eifach luege, dass d Züpfe furt bringsch. Di sy drum morn de nümme so früsch», chunnt d Antwort. Hie kümmeret sech niemer drum, dass d Tombolabewilligung nume für e Samstig würdi gälte. Hie wärde settegi Problem us der Praxis use glöst. Schrybtischtäter hei hie ke Platz.

Naadisnaa merkt me, dass d Bsuecher i Fahrt chöme. Obwohl ds Schwyzerörgeliquartett rächt gueti Musig macht, het no niemer ds Tanzbei gschwunge. Ersch wo der Vorspiler «die nächschti Rundi isch Dametour» rüeft, gits Läbe. Es sy o hie d Froue, wo lieber tanze als d Manne. Die hocke halt o lieber i der Gaschtstube vorne. U was da alls gredt wird! I ha nid einzelni Sätz chönne bhalte. Nume so Wortfätze: «Dünger, Bio u Traktor», sy so Wörter gsy. Wär aber jetze meint, di Manne chönne sech nume über ds Bure underhalte, het sech tüscht! O ganz aktuelli Theme wie Chrieg, Gwalt, oder Sache usem Sport interessiere. Also ganz u gar nid ds Glischee vom Hinterwäldler. Nei. Hie z Tägertschi wohne Lüt, wo mit beide Bei uf der Wält stöh. Hie wohne Lüt, wo sech de Tagesaktualitäte u de Läbesproblem stelle. Aber hie wohne o Lüt, wo vilecht es Spürli langsamer läbe, als Anderi. Vilecht es Gymeli ruehiger. Ächter. Darf igs waage z bhoupte, si stöhie em eigetleche Sinn vom Läbe chli necher?

Konzärt u Theater z Tägertschi. E Schnitz us der Ärdegschicht. E Chlyne zwar. Zueggä. Aber e ärdeguete!

Kuurligs

Eklig-Ekliger

Es isch no eklig z gseh
was me alls chönnti läse
es aber nid cha läse
wils scho eine
drususegläse
het.
Un es isch no ekliger
we me sech i öppis
sötti yneläse
wo vorhär
scho eine
öppis
drususegläse
het.

Töne

We dir zum Bispiel «Ja» säget, de weis jede sofort was dir meinet. Das isch bi de meischte usgsprochne Wort eso. U me nimmt eim o «bim Wort», we me öppis seit.

Heit dir scho einisch probiert, mit Tön, statt mit Wort, z kommuniziere?

We dir zum Bispiel gfragt wärdet: «Gfallt dir das?», de chöit dir ohni gross i Verlägeheit z grate säge: «mmmmhhhhh.» U derby mit der Stimm chli uf u ab fahre. Ds Gägenüber het jetze e Uswahlsändig vo Ussage.

Oder we nech öpper fragt: «Hesch mi gärn?», de heit dir mit Tön unändlech vil meh Müglechkeite als mit Wort. Eh ja, es eifachs «Ja» seit doch vil weniger us als es «oohhhhooo», oder äbe de nume es «uuhh», oder sogar nume es «mh».

Probierets einisch zäme us. Stellet nech Frage – u tönet mit Antworte, statt mit Wort.

E interessante Versuech!
U ne herrlechi Erfahrig!

Flügendi Gedanke

Herrlech wie d Sunne dür d Böim düreschynt u mys Gsicht wärmt äch Dul-X meh als Perskindol oder sötti me nid äntleche luege dass dür dä Wald nid so vili Velofahrer sy scho es Verchehrsrisiko we si so planlos dür d Strasse hets hie ja nid so vil un es dünkt mi es flügi hütt rächt vil Mugge desume zigünere wetti einisch im Läbe cha me ja nume einisch chönntis mir de vilecht scho länge dass i dä Marathon isch zweievierzg Kilometer läng sy si scho di Trömmle wo da am Wägrand lige chönnt ig jetze ömel nid wil i irgendwie total ufdräit han i der Wasserhahne i der Chuchi sötti o wider einisch gründlech putze isch äbe das won ig i der Hushaltig am Unliebschte ischs mer we Hünd frei düre Wald dür springe chönnt ig stundelang ömel wes über ne Naturbode wäri im Chäller scho gäbig da chönnte me de Gmües u Härdöpfle machen ig hinech Znacht chan i mängisch schlächt schlafe wäri scho herrlech wie d Sunne dür d Böim düre …

Gedanke vonere Mitarbeitere

«Liebi Mitarbeiterinne, liebi Mitarbeiter ...»

... was heisst da liebi Mitarbeiterinne liebi Mitarbeiter du Hüchler lueg di doch einisch aa Personalscheffli du grad bsunders du wo eigetlech söttisch für üs da sy üsi Aasichte u Sorge u Ängscht söttisch wyter gä grad du machsch gar nüüt für üs nume schigganiere tuesch nes liebi Mitarbeiterinne liebi Mitarbeiter phah nüüt vo lieb u vo mitarbeite sowiso nid du bisch dä wo ne bruuni Zunge het geng gäge ueche scharwänzlet geng mit dene obe d Gringe zäme streckt i gsehs albe scho we du yne chunnsch u öppe grad eine vo der Gschäftsleitig ume isch guete Morge Hanspeter seisch de albe oder guete Tag André u söiferisch u schmychlisch u we de am Morge näbe mir düreloufsch magsch mer mängisch nid emal e guete Tag wünsche aber äbe i bi halt nume so nes Bürotascheli so eini wo dir nüüt bringt mii chasch uswächsle we de wosch a mir hesch halt nüüt wo di chasch brüschte dermit nume mit de höchere Herre mit dene chasch de ga aagä chasch ga plagiere weisch no am letschte Budefescht wo de hesch müesse bi üs hocke wil der Firmebsitzer het gseit d Gschäftsleitig verteili sech under di Aagstellte grad wie we die nid o Aagstellti wäre wie mir mit üs hesch müesse brichte wääh isch das denn e müehsame u gnietige Aabe gsy ömel solang ds Ässe duuret het nächär bisch ja de a d Bar u dert hesch se de wider troffe dyner höchgschrubete Gselle u dert heit dir de wider chönne ...

«... I ha öich di ganz truuregi Mitteilig z mache ...»

... ja was cha das ömel o für ne truuregi Mitteilig sy hets di öppe am Wuchenänd mit em Velo uf d Schnouze grüehrt du Obersportler dir gseht me ja scho e Kilometer gäge d Byse aa dass du Sportlech nüüt här gisch hesch es Chnochegstell wie ne Dinosaurier bisch träg u plump u hesch e Boddy wie ne Härdöpfelsack churz vorem Verfule aber äbe der Gschäftfüehrer fahrt Velo syt dass du das weisch hesch du natürlech o so ne Drahtesel gchouft u tschalpisch jetze mit emene ächte Phonak Dress i der Gägend umenand u machsch e erbärmlech lächerlechi Figur nume wil du wosch mitrede u ja natürlech bi de Froue wosch de o no Schriis ha da gits ja i üser Bude gnue settegi Tüpfi wo uf so Lööle ...

«... dass üse sehr gschetzt Gschäftsfüehrer der Oliver Goldschmied ...»

... outsch dernäbe tippet es geit ja gar nid ume Personali sondern sogar grad ume Gschäfti hoffetlech chunnt jetze äntleche us was dä Möff alls zäme verbroche het hoffetlech längts ihm jetze wäh mi chötzerets geng wider wen i nume scho dra dänke wie dä albe zu der Türe y chunnt es oberfründlechs Guete Morge wünscht u derby gspürsch grad dass dä überhoupt nid dranne interessiert isch öb i e guete Morge ha oder nid mängisch fragt er sogar nach mym Befinde derby geit ihn das doch e Dräck aa dä würdi gschyder zu sym eigete Mischt luege aber äbe es isch

49

schynbar liechter mit Froue z scharwänzle als es Gschäft richtig z füehre won är vor drü Jahr i üsi Firma yträtte isch hei ne alli i Himmel ueche glüpft alli hei gmeint was das für ne Strateg sygi dä chönni jetze de üsi Firma rette hets gheisse u was het usegluegt derby grettet het är sicher sys Portmonee ömel bi mir isch nid meh dinne als vorhär u ds einzig Sichtbare wo sech i däm Betrieb gänderet het sy d Entlassige aber de nid nume vo dene wo me nümme brucht het nei entla het der Goldschmied o altgedienti Sekretärinne u se dür jungi schynbar hübscheri Tüpfi ersetzt chönne tüe die zwar nüüt aber schöni Ouge mache tüe si u d Meiere vom dritte Stock die wo jede Morge we si zu der Tür yne chunnt vo Parfüm stinkt wie we si dinne bbadet hätti u me nid sicher isch öb si nid doch d Tochter vomene Malermeischter isch so wie die aagschlargget derhär chunnt sygi schyns im Momänt d Favoritin bi ihm si säg ihm ömel scho Oliver wie hässlech Oliver das chönnt ig de scho nid Oliver wäh aber äbe we so nes Goldschmiedli mit em Finger winkt sys faltsche Lächle ufsetzt u öppe einisch es Nachtässe spendiert gheie di Tötsch um lege sech ufe Rügge u hei ds Gfüehl si wärdi Frou Diräktorin …

«… geschter Namittag …»

… so geschter Nami geschter isch doch Sunntig gsy het de dä büglet oder hei si ne sogar nei das cha ja doch nid sy aber wär weis gmunklet wird ja scho lang dä heigi mängs Unlutters gmacht heigi Ufträg i eigete Sack gsteckt heigi für sich Gäld abzweigt das wäri jetze natürlech no der Hammer we die ne geschter uf früscher Tat verwütscht hätte i cha mirs guet vorstelle är i sym tüüre Lädersässel am Gäld zelle Gäld wo eigetlech der Firma ghörti si weis nume nüüt dervo das würd ig ihm scho zuetroue dä het dä faltsch Blick wo die all hei di settige üs nid meh Lohn gä u die mit ihrem grosse Zapfe kassiere no näbe düre das kennt me ja aber jetze hets ihm glängt also dir Schisswyber jetze isch de fertig mit aahimmle müesst ne de i d Chischte ga bsueche fertig vo Füdli tätschle fertig vo schöni Ouge mache fertig vo unde ueche blinzle jetze wird de statt Champagner nume no Wasser gsoffe gscheht ihm rächt gscheht öich rächt es git halt doch no e Grächtigkeit uf dere Wält ...

«... amene plötzleche Härzversäge gstorbe isch.»

Chleid

Us Linde oder us Chirschi
Vierzg höch vore
Öppe füfefüfzg hinde
Breit öppe sibezg
Vore weniger
D Längi je nach je
E Dechel druffe
Aagschrubet
U dinne
Är

Schirm

Mir teile ja öppe einisch d Lüt y. I Grossi oder Chlyni, Dicki oder Schlanki, oder äbe o i Schöni oder – nei, natürlech nid Wüeschti – sondern i weniger Schöni. Ja, u de gits de äbe no die, wo me nid nume be-, sondern mängisch sogar verurteilt: d Lugihünd, d Hochstapler, d Vagante, d Schmarotzer oder zum Bispiel o d Stälihünd.

U vo so eim möcht ig öich i dere Gschicht brichte.

Der Peter Abrächt isch vom Usgseh här gar nüüt appartigs. Durchschnittsgrössi, Durchschnittsumfang, Durchschnittsgsicht, ja, nid emal e Bierbuch oder e Glatze chan er vorwyse. U o d Schuegrössi u der Chopfumfang entspräche däm, wo me allgemein als «normal» bezeichnet. We me sys Singeldasy würdi als ussergwöhnlech aaluege, wäri das ds Einzige, wo ne vo der grosse Masse würdi underscheide. Singel sy isch aber mittlerwyle o nüüt Ussergwöhnlechs meh u mit knapp Vierzgi isch es ja für ihn o no nid z spät, dä Zuestand z ändere.

Vo Bruef isch er Bürolischt. Hütt seit me däm zwar anders, aber Bürolischt isch für e Peter Abrächt am Zueträffendschte. Me kennt das Wort u weis, was dermit gmeint isch. Es sitzt eine imene Büro u verarbeitet Papier.

O ds Büro vo üsem Mano isch tüppisch für ihn. Ufe erscht Blick falle eim di zwöi Fänschter uf, wo uf der andere Syte ds Tagesliecht i dä Ruum yne lö. Links vo dene steit es grosses Regal mit Ordner, wo druf warte, öppe einisch gläse oder chli ufgfüllt z wärde. Uf der andere Syte vom Fänschter hanget es Bild. Eis wie si z tuusigewys i so Büro hange. I dänke nid, dass der Peter Abrächt das sälber het ufghänkt. Das isch älwä scho bim Vorgänger, oder – we dä o so e Durchschnittsmönsch isch gsy – älwä scho bim Vorvorgänger ghanget. Der Bürotisch isch grau. U o der Teppich isch farblech nüüt Speziells. Ufem Bürotisch ligt Papier. Näbem Tisch steit e wenig gfüllte brune Papierchorb. Radio hets e kene. Rächts vo der Ygangstür steit e graue Schirmständer. Der Schirm dinne git o ke Aalass zu der farbleche Berycherig vo däm Büro.

U glych: Dä Schirm isch der Grund, dass der Peter Abrächt halt glychwohl nid ganz eso gwöhnlech isch, wie me das sym Büro, sym Ussehe, sym Läbeswandel chönnti entnäh.

Näbscht däm dass der Peter Abrächt e gwöhnlech ussehende Bürolischt isch, eine also vo abertuusig Glychlige, het er es einzigs, ussergwöhnlechs Marggezeiche: är stilt! Ja, är chlauet! U zwar ganz ussergwöhnlech! Wil: Är isch nid eine, wo im Lade Schoggolatafele lat la verschwinde. Oder eine, won es Velo zum momentane Gebruch entwändet. O überfallt er kener Banke oder roubt Juweliergschäft us. Nei, üse gwöhnlech ussehend, gwöhnlech läbend u gwöhnlech wärchend Mano chlauet – Rägeschirme! U zwar usnahmslos nume Rägeschirme. Nüüt Anders!

U o chlaue isch eigetlech ds lätze Wort.

Daderzue bruchts aber Erklärige: Der Peter Abrächt tuet gärn usswärts ässe. Verständlech, als Singel. I dere Stadt won er wohnt, sy d Müglechkeite für das Hobby z pflege fasch gränzelos. Wil er kes Outo het, isch er zu dene Beize meischtens z Fuess underwägs.

Bi jedem Wätter. Also o wes rägnet. U denn natür-
lech mit emene Schirm.

Dä steckt er – wie me das als ordentleche Mönsch,
wie der Peter Abrächt äbe eine isch, macht – bim
Ygang i ne Schirmständer, wo – als Bispiel – bereits
zwee Schirme dinne stöh. Wen er de ggässe u zahlt
het, macht er eigetlech ds Glyche, wo jede gwöhn-
lech Mönsch o macht: Är geit em Usgang zue, nimmt
dert der Rägeschirm, u geit.

Bi üsem Peter isch da aber e ganz chlyne, ent-
scheidende Underschid feschtzstelle. Är geit wohl em
Usgang zue u nimmt dert – u jetze ufpasst! – äbe nid
der Rägeschirm, sondern ä Rägeschirm. U zwar us-
nahmslos en Andere, weder dass er i Schirmständer
yne gsteckt het.

Wär jetze meint, das sygi ömel de o e ekelhafte
Mitbewohner, het sech tüscht. Wil är ja e Rägeschirm
bracht het, fählt eigetlech gar kene. U so gseh, het er
ja o kene gchlauet. Wil: We me öppis tuet stäle, de
fählt ja öpperem öppis. U i däm bsundere Fall fählt ja
niemerem öppis, wil im Schirmständer geng no zwee
Schirme stecke, wie denn, wo dä Mano isch i d Beiz
yne cho. Zueggä, es git zwar scho e ganz e chlyne
Underschid. I däm Schirmständer stecke nümme die
glyche zwee Schirme wie vorhär, sondern e Vorhäri-
ge u ne Andere.

Üse Schirmler leit de aber o Wärt druf, dass er nid
en alte, verhudlete Schirm i Ständer steckt u ne dür
ne Nöie, schöne u tüüre ersetzt. Nei, är nimmt geng
müglechscht e Verhudlete mit hei. Settigi Schirme
tuet er sachgemäss entsorge u de chouft er imene
Fachgschäft es nöis Ersatzexemplar. U tuschet dä

bim nächschte Ässensbsuech wider gägene Verhud-lete us.

U jetze säget mir, was me mit somene Bürger söll aafa! Mit eim wo chlauet. Es chunnt zwar niemer z Schade – im Gägeteil. Aber gchlauet isch gchlauet. Da heit er Rächt. U glych: Näh mer einisch aa, mir hätte i üser Schwyz no hundert settigi Schirmwäch-selchlauer. Was würdi passiere?

Die schwyzereschi Schirmhärstellerei hätti sofort e Boom, wo si chuum chönnti bewältige. Eh ja, schliesslech stecke rächt vil alti, verhüzeti Schirme i de Schirmständer. U we jede – wie der Peter Abrächt – settegi Schirme würdi dür Nöij ersetze, wäri äbe der Bedarf a nöie Schirme enorm. U no e wyteri Uswürkig hätti e settegi Chlauerei: Mir Normalbür-ger würde i nächschter Zyt mit geng nöiere, modern-ere Schirme desumeloufe. Es würdi ds touristische Schwyzerbild ufwärte.

Aber äbe: Es isch nume der Abrächt Peter, wo so nes Mödeli het. U halt äbe glych chlauet. Rächtlech.

Nume sygi d Frag hie erloubt: Gits i der Schwyze-rische Rächtsprächig e Passus, wo usseit, was mit eim passiert, wo eigetlech nüüt entwändet, wil, wie gseit, ja eigetlech nüüt fählt? Wo das nid Fählende sogar umtuschet u i materiell grösserem Wärt wider i d Gsellschaft yfüegt.

Gits für ne settegi – eigetlech ehrehafti – Handlig, e Rächtsprächig u letschtändlech e Verurteilig?

I weis es nid.

Schad eigetlech, wes eini gieb!

Chällner

Sicher nid! La mi doch nid behandle wie ne Hund! Schliesslech bin i Chällner u nid irgend e Putzhudel.

«Guete Tag Frou Meier. O wider einisch hie? Fröit mi, dass dir zu üs gfunde heit. Was darf i öich bringe?» Läck, die scho wider. Stinkt vor Gäld – u isch gittig wie nes Zwänzgi.

«Natürlech, Frou Meier, chunnt sofort.» Nie, aber de o gar no nie, han i vo dere e Rappe Trinkgäld übercho.

«Natürlech Frou Meier, geng wie geng nid z heiss, öie Tee. U mit zwee Würfle Zucker? Gärn.» Eine tätis ömel de o. Oder me sött ere die no separat verrächne. Bruche tuet si se nämlech nid. Si gheit se im Versteckte i ds Handtäschli.

«Dir weit zahle? Gärn. Also, das macht einezwänzg füfzg, we dir weit so guet sy.» Mach vorwärts, i ha no Anders z tüe.

«Nei, lueget, dir heit da es Ässe gha.» De no kompliziert tue.

«Nei, ds Ässe choschtet sibezäh – nei, nid füfzäh. Sibezäh. – Nüüt verunguet, aber das ligt nid i myre Entscheidig. U der Chef isch nid da. Dir chöit das morn mit ihm aaluege, aber i dänke nid, dass är öich da entgäge … Nei, leider nid.» Das isch de es arrogants Ar …

«Tuet mer leid.» Nei, es tuet mer nid leid. Märte ligt bi mir nid drinn. Hesch vorhär gseh, was es choschtet. Muesch nid nächär no cho gniete.

«Uf Widerluege.» Nei, lieber nid. Uf settig chani gärn verzichte.

«Chume!» Eh, hock ömel grad zersch ab.

«Ja, e Momänt bitte.» Du wartisch jetze afe einisch. Bisch nid der einzig Gascht.

«So. Da bin i. Was darf i … E Stange? Gärn. U zahle? Natürlech.» Wiso hocket dä überhoupt ab. Juflihung!

«Ououou, isch öppis passiert?» Nei, nid scho wider. Geng di Goofe. Desume mögge, desume seckle, Tische vermoore, Gschir verschla – u de wette di Alte der Sirup geng no gratis.

«Jö, hesch du der weh ta. Chum, i bringe di zum Mammi.» Sougoof. Hättisch di still gha. Bisch sälber dschuld.

«So, da wäri öies Schnitzel. Es Cola no? Gärn.» Das hättisch de ömel o grad vori chönne bstelle.

«Salat hets. Grüene u Gmischte. Hie, lueget. Da steits.» Wiso hei mir eigetlech e Spiischarte, we se d Lüt doch nid läse. Vilecht wärs gschyder, me würdi nume Bildli i di Büecher ynehänke, statt Wörter.

«Es geit halt e Momänt, bis öies Ässe chunnt. Darf i nech no umene Momänt Geduld bitte?» Hütt Nami gahn i einisch i d Chuchi. Es cha ja nid sy, dass e Gascht so lang mues uf ds Ässe warte. Übere Mittag, wo sowiso kene Zyt wott ha. Aber die dert hinde stört das nüüt. Di müesse ja nid der Gring häre ha. Weder für ds verspätete Lifere, no für e Fras, wo si uf d Täller gheie.

«Öies Steak isch zwenig düre? Nüüt verunguet. I gibes i d Chuchi zrugg. Es geit halt es Momäntli.» U de überchunnsch de e Lädersole, du Lööl. Aber i hätti chönne wette, dass du seisch, es sygi zwenig düre. Sowyt ig mi ma erinnere, hesch du no nie nüüt z meckere gha, wen ig serviert ha.

«Nei, Hotelzimmer hei mer kener. Da müesst dir übere i ds Tourismusbüro.» – « Ja, di hei zue, übere Mittag» – «Da chan i halt o nüüt mache.» Närv mi nid. Schliesslech bin i kes Uskunftsbüro.

«Grüessech. Hie hättis no Platz.» Ou, isch das e schöne Fäger! Läck, strahlet die. Die wäri o ... Aber hinech sötti elei i ds Näscht. I bi ja nächti ersch dä Morge i d Fädere cho. My Gring dröhnt o dämentsprächend.

«I chume!» Dä zahlt sicher wider mit ere Zwöihunderternote. Geng wie geng. U geng wie geng han i fasch zwenig, für ihm usezgä.

«Danke vil Mal. Häbet no e schöne Tag.» Wiso sägen ig ihm äch danke? Für das miggerige Zwänzgi? Ja nu. Isch halt my Job, fründlech z sy.

My Job! Eigetlech stinkt er mer. Geng fründlech sy – o wen i hässig bi. Geng ufgstellt tue – o wes mer um ds Penne wär. Geng aaständig sy – o wes mängisch Gescht het, wo me möchti töffle.

Schyssjob. Eigetlech. U glych. Lüt bediene, Lüt betröie, mit Lüt gsprächle – o wes i der Regel nume sehr oberflächlechi Gspräch sy – eifach mit Lüt z tüe ha, gfallt mer äbe. U wo chan ig das besser, als i mym Bruef als Chällner inere Beiz?

Zwöigschichte Gschicht

Vor lengerer Zyt sy mir rätig worde, es wäri schön, we mir das chlyne Stedtli einisch würde ga aaluege.

Amene Wuchenändi.

Mit Hotelübernachtig.

Gmüetlech hei mer nes ufe Wäg gmacht. Wo mer zum Zug usgstige sy, hei mer a d Stadtmuur ueche gseh. Es schöns Bild. Mir sy gspannt gsy, was nes erwartet. Zersch ischs aber drum ggange, es Hotelzimmer z finde. Im Internet hei mer gseh gha, dass es nume zwöi Hotel het. Gnau gno zwar eigetlech nume eis. Ds Andere het scho uf der Homepage so usgseh, dass mir hei müesse abwinke. Aber ds Hotel Adler het üs e guete Ydruck gmacht. Mir sy zu däm Huus cho u heis vo usse aagluegt. Eis vo de Altstadthüser. Links u rächts dervo sy d Geböid pfleger gsy als das Hotel. Aber mir hei ja nid wölle i Fassadene ga übernachte, sondern imene Hotelzimmer. Drum sy mer yne a d Reception.

E Frou het nes mit mürrischem Ton begrüesst: «Heit dir öppis wölle?»

Nachdäm mir erklärt hei, mir wette es Zimmer miete, möchtes aber vorhär no aaluege, het si e Schlüssel uf d Theke gheit u gseit: «Zweite Stock. We ders weit, rüefet mer. We nid, leget der Schlüssel wider häre.» Du dräit si sech um u verschwindet hinder ere Türe.

Irgendwie hei mir ds Gfüehl gha, di Frou passi zu der Fassade vo däm Hotel. Ds Zimmer hei mer aber du glychwohl no aagluegt. Es isch nes chli unpflegt, chli fad, ja fasch chli chalt vorcho. Mir sy du wider zu der Reception zrugg u hei dert der Schlüssel uf d

Theke gleit. Du sy mer, mit ere chlyne Enttüschig, wider em Bahnhof zue. Ds Stedtli hei mer chuum meh aagluegt. Üs hets dünkt, es sygi ja eigetlech o nid eso schön, wie mir gmeint heige. U obwohls scho es paar Jahr här isch syder, sy mir nie meh dert häre gfahre.

Vor lengerer Zyt sy mir rätig worde, es wäri schön, we mir das chlyne Stedtli einisch würde ga aaluege. Amene Wuchenändi.
Mit Hotelübernachtig.
Gmüetlech hei mer nes ufe Wäg gmacht. Wo mer zum Zug usgstige sy, hei mer a d Stadtmuur ueche gseh. Es schöns Bild. Mir sy gspannt gsy, was nes erwartet. Zersch ischs aber drum ggange, es Hotelzimmer z finde. Im Internet hei mer gseh gha, dass es nume zwöi Hotel het. Gnau gno zwar eigetlech nume eis. Ds Andere het scho uf der Homepage so usgseh, dass mir hei müesse abwinke. Aber ds Hotel Adler het üs e guete Ydruck gmacht. Mir sy zu däm Huus cho u heis vo usse aagluegt. Eis vo de Altstadthüser. Links u rächts dervo sy d Geböid pflegter gsy als das Hotel. Aber mir hei ja nid wölle i Fassadene ga übernachte, sondern imene Hotelzimmer. Drum sy mer yne a d Reception.
E Frou het nes begrüesst: «Härzlech willkomme im Hotel Adler. Wie darf i öich behilflech sy?» Mit ere warme Stimm umene natürleche Lächle het si üs erklärt, was si aazbiete het. Si isch nes ds Zimmer cho zeige u mir hei gmerkt, dass me äbe geng zersch sötti hinder d Fassade luege. Es isch es gäbigs Zimmer gsy u mir sy nes sofort einig worde.

Zrugg a der Reception het nes di Empfangsfrou no Underlage vom Stedtli ggä u nes no gseit, dass hütt am Aabe no es Konzärt stattfindi. Churz: Mir hei nes sofort wohl u fasch echli deheime gfüehlt.

Bi däm Wuchenändi isch es nid bblibe. Syt Jahre fahre mir öppe einisch dert häre. Übernachte im Adler u gniesse d Härzlechkeit, wo üs geng no entgäge bracht wird.

Chli e gspässige Maa

Der Hans Hofer isch ke Untane. Ömel i de Ouge vo syne Mitbürger schynt er e ganz gwöhnleche Maa z sy. Der Vermieter überchunnt pünktlech sy Zins. Ds Stägehuus isch denn putzt, we sy Name uf der Ablöselischte steit u us syre Wohnig chöme nid meh Grüsch, als us andere Wohnige o.

Vilecht wil er sich sälber o so gwöhnlech gseh het, isch er vor es paar Jahr uf d Idee cho, jedes Jahr ganz öppis Ungwöhnlechs z mache. Einisch im Jahr öpper ganz Anders z sy, als dass er süsch isch. Di Idee isch ihm cho, won er nach emene usgibige Fescht, nümme grad allzu nüechter, aber geng no einigermasse zwäg, hei i sy lääri Wohnig isch cho.

«Houseli», het er denn beluschtiget zue sech gseit, «Houseli, i de nächschte Tage geisch du einisch öppis ga mache, wo me vo dir nid im Entferntischte würdi dänke. Öppis wo kribelet i der Magegägend. Öppis wo näbe der Norm isch u wo di o i nes schlächts Liecht chönnti bringe – wes würdi uscho. Aber dass es nid sowyt chunnt, da luegt de der Houseli scho ...»

Wär jetze meint, di Gedanke syge am nächschte Morge – äbe wider nüechter – verfloge gsy, tüscht sech. Di Gedanke hei sech ygnischtet.

Z ersch het er sech aber sälber no Vorgabe ggä. So quasi e Ehrekodex. Dä het er ufgschribe u ne a Chüehlschrank gheftet. Das won är nämlech het wölle mache, het für ihn, oder für öpper Anders, oder für Anderi, öppis Speziells sölle sy. Öppis ussergwöhnlechs, schregs. Gfährde het er niemer wölle. Überrasche oder chli ergere aber scho.

Jede Tag het er di Syte gseh u öppe einisch mit emene Schryber Ideene druf gchriblet. So sy di wildischte Sache entstande. Mängisch het er di Gedanke düregläse, de wider dürgstriche oder ergänzt. Mit der Zyt isch es Blatt entstande, wo sech sogar der berüemtischt Ermittler hätti d Zähn dranne usbisse fürs nume einigermasse chönne z verstah. Der Hans Hofer het gly einisch es Sammelsurium gha vo Aktione, won er het chönne useläse drus.

Är het du mit ere rächt eifache Sach aagfange.

Früecher einisch het är inere Musiggsellschaft Marschtrumele gspilt. Das Instrumänt isch syt Jahre ufem Eschtrich gläge. Einisch, amene Frytig Aabe, het er dä Chübel i d Wohnig ache trage u het ne afe einisch putzt. U du het er probiert, öbs no würdi töne. Äs het! Zwar nümme ordonnanzmässig, aber das isch für ihn o nid ds Ziel gsy.

Amene Samstig Morge isch er mit em erschte Zug uf Basel gfahre. Vom Bahnhof us het er der Wäg i Richtig Stadtzentrum gno. D Trumele no i der Hülle ypackt. Bim Tingueli Brunne het er sys Instrumänt füre gno, d Hülle im Rucksack versorget u isch du, wie we das ds Normalschte wäri, mit emene Trummlermarsch i Richtig Zentrum marschiert. Dass es am Samstig am Morge em achti no nid allzu vil Lüt uf de Strasse het, het er yberächet gha. Dass di wenige Lüt ihn wohl aagluegt, aber nid allzustarch beachtet hei, het ihn du doch irritiert. Niemer het ihn aaghalte oder isch ihm cho säge, öbs ihm äch no göngi. Niemer het Aastoss gno a sym Tue. U so het er nach ere knappe halb Stund d Trumele wider ypackt.

Uf der Fahrt gäge hei het er dänkt, dass di Basler ömel o es rächt tolerants Völkli syge. Dert won är wohnt, hättis ömel de rächt Räbel ggä, we eine am Samstig Morge, mueterseele elei, mit ere Trumele dür ds Dorf us wäri marschiert.

Ytem.

Dä erscht Usflug het ihn aagstachlet, chli öppis Verrückters z probiere. Bis zum zweite Aalass het er aber wider fasch es Jahr müesse warte. Das isch so i sym Kodex gstande.

Der zweit Aalass isch du aber chli e Ufwändige worde. Sys Ziel isch nämlech gsy, e ganze Tag lang ufem Thunersee umezfahre, ohni dass ihn öpper erchennt u öppis vo sym Tue merkt. Für das het er müesse chönne Motorboot fahre. Ohni du schlussändlech e Prüefig abzlege, isch er ga Stunde näh. Het sech la underrichte über d Sicherheitsvorschrifte u het bim Fahrlehrer o der Wunsch güsseret, uf verschidene Boot chönne z fahre. Das isch ihm du o ermüglechet worde. Won er ds Gfüehl het gha, jetze syg er sech dere Sach sicher, het er em Fahrlehrer gseit, är machi e Pouse u mäldi sech de später wider.

Amene schöne Herbschtmorge isch der Hans obe am See gstande u het sy Plan i de Händ gha. D Vorbereitige derfür hei Wuche i Aaspruch gno. Är het minutiös ufgschribe gha, wenn dass er wo wott sy u was er gnau wott mache. Bim Nöihus, obe am Thunersee, isch er schnuerstracks i nes Motorboot gstige, het der Motoreruum ufklappet u d Zündig churz gschlosse. Für ihn als glehrte Outomechaniker ja kes Problem. U di Motorbootsbsitzer hei ihm, mit ihrem fahrlässige Umgang bi der Sicherig vo dene Gfährt, d

Ufgab o nid allzu schwär gmacht. Ohni dass ihn öpper zur Kenntnis gno hätti, isch er gmüetlech ufe Thunersee usetuckeret u het das Boot i Richtig Fulesee dräit. D Fahrt het er nid chönne gniesse, wil er geng het müesse luege, öb öppe irgendwo d Seepolizei underwägs syg. Z Fulesee het er ds Motorboot suber aagleit u d Fender wider so montiert, dass a däm Boot o bimene Sturm ke Schade wäri entstande. Uf der andere Syte vom Stäg het er es anders Boot i Beschlag gno. Natürlech het er gwüsst weles. Das isch ja Teil vo syne Vorbereitige gsy. U ds Einzige – näbscht em Uftouche vo der Seepolizei u eventuell vom Eigetümer vo eim vo dene Boot – isch ds Risiko gsy, dass das Boot bereits usgwasseret wäri gsy. Für die Eventualität het er aber bi jedem vo syne Wächselplätz es Resärveboot usgchundschaftet gha.

Vo Fulesse us isch er i Richtig Merlige gfahre. Dert het er aagleit u het ds nächschte Boot aagworfe. D Reis isch wyter ggange über Spiez, Gunte, Oberhofe, Einige, Hilterfinge, Gwatt bis du schliesslech i d Nechi vo Thun. Schlussändlech het er uf syre Reis a eim Tag zwölf verschideni Motorboot gfahre u se geng i ne andere Hafe verschobe.

Won er mit em Zug vo Spiez gäge Leissige gfahre isch u der Thunersee i fasch ganzer Grössi gseh het, hets ihn du doch glächeret, won er dra dänkt het, was i de nächschte Stunde u Tage uf däm See wird los sy, we d Eigetümer merke, dass ihrer Boot nümme da sy u d Seepolizei wird feschtstelle, dass da Boot a Aalegeplätz dümple, wo gar nid dert häre ghöre. U we si de äntleche das Puzzle zämegsetzt u gmerkt hei, dass eigetlech nüüt fählt, wil alli Boot ja no da sy – aber eifach nümme am richtige Ort – de wird ne de das z dänke gä!

«Bisch egetlech schon es Kamel», seit sech der Hans Hofer – u gniesst das Gfüehl, öppis gmacht z ha, wo niemer, aber de würklech o gar niemer vo däm brave Maa würdi dänke. U won er es paar Tag später i der Regionalzytig het gläse «Polizei tappt immer noch im Dunkeln», het er schadefröidig uf de Stockzähn glächlet.

Zwo so Aktione het er also scho hinder sech bracht. Är het aber no andere Züg gmacht.

Zum Bispiel isch er z Bärn ufem Houptbahnhof als Gepäcktreger verchleidet ga Gepäck desume trage. «Gratis Gepäckdienscht», het er ufem Perron us-grüeft, wie albe der Billig Jakob ufem Märit. Dä Dienscht hei vor allem jüngeri Lüt i Aaspruch gno. Elteri hei sech älwä nid derfür gha. Speziell isch gsy, dass der ganz Tag niemer vo de Offizielle Aastoss het gno a sym Tue.

Är het also nid eigetlech Sache gmacht, wo Anderi gschädiget hätte, sondern vor allem Sache, wo be-luschtiget hei, komisch si gsy, ungwöhnlech oder so-gar o total schreg.

U so ne schregi Sach het er sech für das Mal us-gsuecht. Als Tatort het nüüt Gringers als ds Nobel-hotel Victoria-Jungfrou, z Interlake, müesse häre ha.

Vom Bild här isch es scho chli e ungwöhnleche, schrege Bsuech gsy, wo da zu dere Nobelherbärge gfahre isch: Der Hans Hofer hocket nämlech ufeme-ne alte Militärvelo u tschalpet em Höhewäg entlang. Das wäri ja no nüüt Ussergwöhnlechs. Ussergwöhn-lech isch d Aalegi: Schwarzi Halbschue, grüeni Hose mit sytlech emene breite, schwarze Streife, es grüen-graus Hemmli mit ere schwarze Cravatte, e grüene Chittel mit allerhand Abzeicheli dranne. Uf de Achs-le je e Batte mit drei breite «Nudle» u ufem Chopf e styffe Huet. O mit drei «Nudle». Für Militärkenner unverwächselbar e Oberscht im Generalstab. Ufem Velo! Ufem Ordonnanz-Militärvelo-Null-Füf.

Damit me ihn nid erchennt, het er sech der Bart ab-ghoue u ne spezielli Brülle zuegleit. D Uniform u d Brülle het er imene Kostümverleih z Bärn gmietet u ds Velo het er emene Kolleg entlehnt.

Dä unächt Oberscht fahrt jetze uche zum Ygang vom Victoria-Jungfrou, zieht di schwarze Händsche ab, nimmt di schwarzi Mappe abem Gepäcktreger u klinglet fräch mit em Velolüti. Der äbefalls unifor-miert Aagstellt luegt dä Velofahrer chli stober aa, fragt de aber mit professionellem Lächle: «Wie darf i öich behilflech sy?»

«Stellet bitte mys Fahrzüg i d Garasch», seit der Oberscht Hofer sträng u drückt em doch jetze chli verdutzte Profi der Veloschlüssel i d Fingere. Dä fol-get brav u stosst di schwarzi Staatskarosse d Rampi zdürab i Richtig Tiefgarasch.

Währenddäm stolziert der Oberscht gmüetlech i d Hotelhalle. Dert seit er zu der Frou a der Reception: «I ha reserviert. Oberscht Guggisbärg, my Name.»

«Sälbstverständlech, Herr Oberscht. Dir wärdet dert vorne im Restaurant erwartet.»

«Danke», hätt er am Liebschte gseit, aber du gmerkt, dass e Oberscht chuum emene gwöhnleche Empfangsdämli würdi danke säge.

Mit feschtem Schritt stüüret er em Restaurant zue u

wird dert ane schön glägnige Tisch gfüehrt. D Ussicht uf ds Jungfroumassiv isch fantastisch. Obwohl er di Ussicht o vo deheime us cha gniesse, merkt er hie, a däm spezielle Ort, dass er ufemene wunderschöne Fläckli Ärde wohnt. I volle Züüg gniesst er sy Ufenthalt. Gniesst ds föidale Ässe u der tüür, aber sehr guet Wy. Natürlech gniesst er o di hervorragendi Bedienig. Er chunnt sech würklech vor, wie ne Oberscht im Generalstab. Un er dänkt, dass settegi Lüt doch würklech uf der Sunnesyte vom Läbe stöh.

Richtig guet ggässe het er. Uf ds Dessert u o ufe Kafi verzichtet er aber. Das isch Teil vo sym Plan. Dä gseht nämlech vor, dass er jetze ufsteit. Ohni di schwarzi Mappe, ohni d Händsche u ohni Huet. Di Sache lat er guet sichtbar ufem Tisch la lige.

Du trappet er em Chäller zue. I Richtig Toilette. Dert weis er e Durchgang, wo ihn i ds Näbegeböid füehrt. Vo dert us geit er de wider e Stäge ueche u chunnt so unghinderet zu der Reception.

E anderi Empfangsdame fragt nach syne Wünsch.

Är seit im Oberscht-Ton: «I möchti mys Fahrzüg.»

«Wie isch öie Name?», fragt di Frou.

«Oberscht Guggisbärg», seit er. Geng no sträng.

Si luegt uf ihrer Schlüssellischte, findet aber ke Outoschlüssel, wo zu däm Oberscht würdi passe.

«Was heit dir für nes Fahrzüg?», fragt si zrugg u me merkt, dass si gwanet isch Problem z löse u sech nid so schnäll lat la drusbringe.

«Es Militärvelo. Ordonnanz null füf. Schwarz», git er wahrheitsgmäss zrugg.

Si luegt ne aa, luegt uf ds Schlüsselbrätt, nimmt dert der Veloschlüssel drab u git ne emene uniformierte Ghilfe mit der Bemerkig: «Gang reich ds Ordonnanzvelo vom Oberscht Guggisbärg.»

Der Hans Hofer het sech d Rückgab vo däm Velo chli anders vorgstellt. I sym Plan hätt er di Situation vil meh wölle usschlachte u gniesse. Dass di Frou würklech allne Situatione gwachse isch, het er nid chönne wüsse. Är het du gmerkt, warum ds Victoria-Jungfrou syt Jahre zu de beschte Hotels uf der Wält ghört.

Won er deheime isch gsy, het er – das isch o uf sym Plan gstande – ufgschribe, was er gmacht het. Het gschribe vo der gmietete Uniform, vom Velo, vom Empfang, vom superfeine Ässe, aber o vom professionelle Umgang mit der Velorückgab. Är het ds Gäld vom Ässe i ne Briefumschlag gsteckt, het no es guets Trinkgäld derzue gleit u zum Schluss gschribe, dass si di lääri Mappe u der Offiziershuet chönne bhalte.

Em Kostümverleih het er gseit, der Huet heig er la lige. Was ja eigetlech o gstumme het.

Uf di Art het der Hans Hofer no mänge Streich usgheckt u düregfüehrt. U we dir i der letschte Zyt öppis Kuurligs söttet erläbt ha: Wär weis, öb da nid em Hans Hofer syner Finger im Spiel si gsy.

Oder syt dir vilecht sogar sälber mängisch e Hans Hofer? Ömel so im Aasatz? So i de Gedanke…?

Kritisches

Wirtschaftswachstum

D Zerstörig
vo üsere
Läbesgrundlag
isch us
wirtschaftleche Gründ
unverzichtbar.
Es Überläbe
chöi mir üs
im Interesse vom
Wirtschaftswachstum
nid
leischte.

Irgendwo gläse ...

Strytgspräch

Du, Vatter, wiso mache mir nüüt dergäge?

Gäge was?

Eh, dergäge, dass d Gletscher schmelze.

Uh nei, nid scho wider!

Mohl, scho wider. Mir macht das nämlech Angscht.

Wiso Angscht?

Wil i gläse ha, dass mir i vilecht füfzg Jahr kener Gletscher meh wärde ha u dass bis denn all das Wasser, wo die gsammlet hei, obe ache u dadermit o bi üs verby chunnt.

Wär seit settigs?

Üse Lehrer.

Ja, genau. Dä Grüenspächt. No ke Ahnig vom Läbe, aber scho de junge Lüt ga der Gring verdrääie.

Wie meinsch das?

Das isch doch e Grasgrüene. Muesch ne nume aaluege, mit syne bioglismete Pullover.

Was hei di Pullover mit de Gletscher z tüe?

Früecher hei di Grüene o gseit, üs gheij der Schutzwald ufe Gring u mir heigi i zäh Jahr kes Bitzli Wald meh. U was hei mer? Lueg doch use, wies grüenet.

Syt über hundertfüfzg Jahr mässe si aber d Jahrestemperature. U ds letschte Jahr isch ds Füftwermschte gsy, syt dass si mässe. U di no wermere Jahr cha me alli zäme uf di letschte zwänzg Jahr verteile.

Ja, das wärde wider so Panikmacher usgrächnet ha.

Warmi Jahr wirds o vor füfhundert Jahr ggä ha.

Vilecht. Aber d Gletscher sy denn nid so schnäll gschmolze.

Wohär wosch du das wüsse, Chind?

Us der Schuel.

Lehret dir dert de würklech nume no so Angscht-machizüg?

Wiso nid? Das isch doch üsi Zuekunft.

Ja, was du nid seisch.

Was tüe de mir als Familie dergäge?

Gäge was?

Gäge d Klimaerwärmig.

Eh, was sölle mir ömel o tue? Mir, als Familie, under Millione vo Familie. Das nützt ömel nüüt.

We alli so dänke scho nid.

Äbe.

Aber we alli anders würde dänke scho.

Tües aber nid.

Wil niemer aafat.

Genau.

Aber d Gletscher schwitze äbe glych. U öpper mues aafa. Wiso nid mir?

Wiso mir?

Wil i Angscht ha – u ne Zuekunft möchti. Für mi. U o für di.

Oh, mir tüe di Umwältproblem nüüt me. I bi z alt derfür.

Tüsch di nid. Wes d Gletscher i füfzg Jahr nümme sötti gä, hei mer scho i de nächschte zäh Jahr grossi Problem. U denn läbsch du o no. U i zwänzg Jahr hei mer no grösseri Problem u o denn hoffsch du doch no z läbe, oder?

Ja, scho. Aber lue, mir hei jetze ömel scho es Outo gchouft, wo weniger Moscht brucht. We alli so nes Outo würde choufe …

Ds Alte isch ja kaputt gsy. Drum hesch es Nöis gchouft. U überhoupt: Bruche mers de würklech no?

Wosch ja nid säge, i söll das nöie Outo verchoufe.

Warum nid? Mir bruches ja eh nume für zum Grosi z fahre, für ga yzchoufe u für i d Ferie.

Ja wettisch de dert häre loufe? Zum Grosi, i Migros u i d Ferie?

Warum nid? Wen i dermit cha mithälfe, dass i o i füfzg Jahr no cha läbe, de scho. Zum Grosi näh mer d Bahn, i Migros ds Velo u i d Ferie chöi mer o mit em Car.

U was söll das bringe, we usgrächnet mir das mache?

Weniger CO2 Usstoss!

Achtung, jetze wirds technisch! Du meinsch also, we mir uf ds Outo würde verzichte, würde d Gletscher weniger schmelze?

Ja.

Babi. Eifältigs. Meinsch, we Hungerbüehlers kes Outo meh heige, heigi das e Yfluss uf d Gletscher?

Ja.

So.

Ja. U de chönnte mer Energiesparlampe choufe, Steckerlischte mit Schalter montiere, wo me der Standbybetrieb cha usschalte, dusche, statt bade …

U d Suppe chalt löffle, damit mer nid Strom bruche für se z choche.

Genau.

Du spinnsch ja. Het das alls dy Grüenspächt verzellt?

Nei. I ha nume d Ohre offe u tue mi chli informiere. Di Sache won i gseit ha, täte üs nid heftig weh – u würde scho vil bringe.

Nei, si würde näh. Nid bringe. Ds Outo. U ds Gäld für d Bahn. Für d Energiesparlampe u für d Steckerlischte. U wäge dene chlyne Gügerli a üsem Compi u am Flachblidschirm wärde die Gletscher ömel wohl nid schmelze.

Mohl.

Äh wohär! Wäge Hungerbüehlers Standbybetrieb schmelze kener Gletscher. Spinnerzüg!

Mohl. O genau wäge Hungerbüehlers Standbybetrieb schmelze d Gletscher.

So.

Ja.

Ja nu. Wes dym Seelefride guet tuet, de gang chouf halt. Aber de nume so Steckerlischte. Schliesslech sölle di Andere o afe einisch …

U de d Energiesparlampe? Wei mir nid o no grad …

Fertig jetze. Das mues länge. Chasch de bi dym Grüenling ga plagiere, Hungerbüehlers heige jetze der Standbybetrieb eliminiert u syge ufem beschte Wäg, Grüeni z wärde.

Nei, i säge ihm, dass i e Vatter ha, wo langsam fat aafa begryffe, dass es sy Wält isch, wo mir da am Kaputtmache sy. Sy Wält. Nid d Wält vo de Andere. Un i säge ihm de o, dass i stolz bi uf so ne Vatter. Är heigi zwar no vil z lehre – aber das göng ja Anderne o e so.

Abstimme

Scho no kuurlig, üses System: E Nünzgjährige darf drüber ga abstimme, öb me künftig no dörfi Atomchraftwärch boue.

E Füfjährige darf zu dere Frag no nid Stellig näh. Ersch wenn er achtzähni isch.

Derby sötti doch o är dörfe säge, wie sy Wält künftig söll usgseh. Schliesslech wird är di nächschte nünzg Jahr uf dere läbe.

Wie wärs, we d Eltere ds Stimm- u Wahlrächt für ihrer geborene Chind überchiemte, solang bis die erwachse sy? Es würdi i de Familie mängi zuekunftsgrichteti Diskussion gä.

U wär weis, vilecht sogar zuekunftsgrichteteri Abstimmigsresultat.

Hardermanndli

(D Hardermanndli Saag einisch anders verzellt)
Vilne Lüt geits no hütt chalt düre Rüggen ab, we si a
dä Tag dänke, wo sech der Husbärg vo Interlake, der
Harder, het veränderet. Niemer redt meh drüber, wiso
a däm Bärg e Felsfläcke, won es Gsicht druffe zeigt,
entstande isch. U glych mues me die Gschicht als
Mahnig für d Nachwält erhalte.

Zu dere Zyt het me vil über Umwältschutz, CO_2 u
Klimaveränderig gredt. D Lüt sy scho fasch sturm
gsy vo luter Zahle, wo hei wölle belege, warum u wi-
so. Vili hei sech Gedanke gmacht über d Gründ. Vili
hei probiert, bewusster mit der Natur umzgah.

Aber nid alli! Es het settegi ggä, wo nämlech grad z
Trotz all das gmacht hei, wo der Natur gschadet het.

Eine dervo isch der Johnny gsy. Hans, eigetlech.
Aber Johnny het besser tönt. «Terminator», het er
sech gnennt. U so het er o usgseh. Es unerchants
Muskelpaket, e Chleiderschrank u ne Äcke wie ne
Muni.

Üse «Terminator» het das «Umwält-Glyr», wien er
däm gseit het, nid im Gringschte interessiert. Im
Gägeteil! Obwohl ers eigetlech nid vermöge hätti, het
er en alte Ami-Schlitte gfahre, wo z Mindscht so vil
Benzin gschlückt het, wie der Johnny Bier. Natürlech
het er i sym Outo Musig installiert gha. U o Bass Bo-
xe. Di hei so lut tönt, dass sogar d Lüt usse am Wage
hätte sölle Ghörschütz aalege. Aber o süsch het der
«Terminator» ke Sorg zu syre Umgäbig gha. D Poli-
zei het ne sogar einisch verwütscht, won er im Natur-
schutzgebiet Wyssenau het Ölwächsel gmacht – na-
türlech ohni ds Öl ufzfa.

Churz: D Umwält isch ihm so läng wie breit gsy.

Einisch, amene schöne, heisse Summertag, isch er, zäme mit Kollege, uf der Höhematte gläge. Natürlech het er über di Grüene gwätteret, het ne Fotzelhünd, Lumpepack u Soucheibe usteilt.

Plötzlech sitzt e unbekannti jungi Frou näbe ihn uf d Matte: «Was würdisch säge, we uf ds Mal Steine vom Harder chiemte cho z flüge, wil d Wurzle vo de Böim se nümme möge trage?», fragt si ne.

«Wette, dass das nie passiert? Das tröimet dir grüene Würm nume!», git der Johnny lachend zrugg.

«Was wettisch?», fragt jetze di Frou ufmüpfig.

«Chönntisch mi ds Läbe lang a Harder ueche verbanne, we de wettisch. Aber dir chöit ja nid meh als vo arme Chäferli u verdorrete Böimli lafere», git ere der «Terminator» zur Antwort.

Niemer weis meh, was drufache gnau passiert isch. Uf jede Fall hets plötzlech aafa rumple u tose. Vom Harder ache hets so starch gstübt, dass sech sogar d Sunnestrahle verdunklet hei. Es het blitzet u donneret, gchlöpft u tätscht.

Unghürig!

Plötzlech isch dä Spuk verby gsy.

D Lüt sy wie glähmt blybe stah. Si hei ueche gluegt a Harder. E grosse Bitz Wald isch wäg gsy. Pure Felse het füre gluegt. U uf däm Felse es Gsicht!

Di jungi Frou het me nie meh gseh.

Em «Terminator» sy Amischlitte isch no es paar Tag ufem Parkplatz a der Höhematte gstande. Du het ne d Polizei grumt …

Si u si

Si läbe scho es paar Jahr zäme.

Si sy glücklech!

U si hei sech gärn!

Ihres Gröschte isch ihri Wohnig: der Polschtersässel,
der Chuchitisch, d Dusche, ds Doppelbett.

U d Chatz! Ja, a dere hei si beidi der Narre gfrässe.

Es Täller Ärdnüssli, e guete Film, d Chatz ufem
Schoss. Abwächsligswys.

E guet schmöckige Tee.

Uf em Salontischli e Cherze.

Husfride!

U zwüschyne churzi Reise. I ds Bärner Oberland.

Oder a Chrischtchindlimärit uf Strassburg.

Ja, si sy glücklech di Zwöi.

Me gsehts. Me gspürts.

Ja, si!

Eigetlech si u si.

Nid si un är.

Nid wie gwöhnlech, si un är.

Si u si!

Ussergwöhnlech!

Ussergwöhnlech?

Si läbe scho es paar Jahr zäme.

Si sy glücklech!

U si hei sech gärn!

Ihres Gröschte isch ihri Wohnig: der Polschtersässel,
der Chuchitisch, d Dusche, ds Doppelbett.

U d Chatz! Ja, a dere hei si beidi der Narre gfrässe.

Es Täller Ärdnüssli, e guete Film, d Chatz ufem
Schoss. Abwächsligswys.
E guet schmöckige Tee.
Uf em Salontischli e Cherze.
Husfride.
U zwüschyne churzi Reise. I ds Bärner Oberland.
Oder a Chrischtchindlimärit uf Strassburg.
Ja, si sy glücklech di Zwöi.
Me gsehts. Me gspürts.

Wie schad, wes ussergwöhnlech wär!

Es Hirngspinscht?

Syt jahrtuusige läbe Mönsche uf dere Wält. U tuusigi vo Jahr hei di Mönsche nume eis Ziel gha: überläbe!

Das het gheisse, mit der Natur zäme z läbe. Wil es Überläbe ohni das Mitenand gar nid müglech wäri gsy. D Mönsche hei Schutz i Höline gsuecht, damit ne di wilde Tier nüüt hei chönne aatue. U si hei glehrt, sech us Sache, wo i der Natur usse gwachse sy, z ernähre.

Fürs chli gäbiger z ha, hei si du aagfange eigeni Höline boue. Später hei si vier Wänd um sech um häre gstellt, es Dach obe druf gleit u hei dere Konstruktion «Huus» gseit.

E wärtvolli Entwicklig.

Vo denn aa hei si ihres Überläbe, mindeschtens im Wohnbereich, einigermasse gsicheret gha. Bblibe isch di ewigi Angscht, z wenig z Ässe z ha, wil d Natur unberächebar isch gsy u mängisch nid sovil här ggä het, wie d Mönsche brucht hätte. Drum sy zwüschyne Lüt am Hunger gstorbe.

Das het d Mönsche derzue tribe z luege, wie mes chönnti aagatigge, meh Nahrig vo der Natur z übercho. Me het sälber Sache aapflanzet u het o probiert, Gwunnigs uf d Syte z tue, damit mes denn, wes nümme Anders meh het ume gha, het chönne fürenäh. Wo der Columbus vo Amerika isch zrugg cho, het er der Härdöpfel mitbracht. E sägensrychi Chnolle, wo i üsne Regione der Hunger het chönne stille.

Vo denn aa wäri eigetlech alls guet gsy. D Mönsche hei es Dach überem Chopf gha u das, wo ihne d Natur zum Ässe ggä het, het meischtens glängt für ds Überläbe.

Si hei als Teil vo der Natur gläbt u hei das o so empfunde. Si hei sech vo ihre geng nume das gno, wo si brucht hei. Nid meh. Es Meh het ja niemerem gnützt. Meh als gnue isch für ds Überläbe nid nötig gsy. U si hei o gwüsst, dass es fatal wäri, we si der Natur meh würde wägnäh, als dass die ihne het chönne gä. Wils daderdür irgendeinisch zwenig hätti gha. Für alli zwenig hätti gha.

Leider isch vo denn aa öppis lätz ggange.

Statt dass d Mönsche mit em Erreichte z fride wäre gsy, hei si meh wölle. Si sy nid bim Huus mit de vier Wänd bblibe. Nei, si hei wyteri Wänd dra bboue u hei uf die Art es Huus übercho, wo mehreri Zimmer het gha. Dass si derby meh bboue hei, als dass si eigetlech nötig hätte gha, hei si nid wölle gseh. Ds Ziel isch gsy, geng meh u geng grösser.

Mit der Nahrig isch es ähnlech ggange. Statt dass si wäre z fride gsy, eifach gnue z Ässe z ha, hei si probiert, ds Ässensaagebot z erwytere. Si hei d Vilfalt enorm vergrösseret u hei zuesätzlechi Nahrig produziert. Ds Ziel isch o hie gsy, geng meh u geng vilfältiger. Dass si derby der Natur es Vilfachs entno hei vo däm, wo die uf natürlechi Art het chönne produziere, hei si gwüsst. Aber si heis glych gmacht.

D Mönsche hei sech ines Wachstumsverhalte yne gsteigeret. Dür das sy si gägenüber der Natur, innerhalb vo mene Jahrhundert, vom Mitbewohner zum Usbütter worde. Ds System vom Wachstum het i jedi Läbesritze ynegreckt. Si hei nümme anders chönne, als däm Wachstum geng wider nöij Nahrig z gä.

Die Gspürigschte vo de Lüt hei aber du gmerkt, dass es gäge das ständige Wachse ja gar kener würkleche «Mitteli vo usse» git. Si hei gmerkt, dass ds Problem ja nid eigetlech am Wachstum ligt, sondern dranne, dass me a däm Wachstum teilnimmt: Me het sech meh gleischtet, als das me brucht hätti.

Die Lüt, wo das gmerkt hei, hei sech du wider uf di früechere Zyte zrugg bsunne. Si hei gmerkt, dass nid zäh Zimmer nötig sy, für glücklech z sy. Si hei glehrt, dass weniger z ha vil meh isch, als vil z ha. Si hei gspürt, dass si sech dür dä Verzicht wider ufe würklech Sinn vom Läbe hei chönne konzentriere.

U di Gedanke hei je lenger je meh Lüt dänkt. Wil je lenger je meh Lüt ygseh hei, dass ds geng Meh, nid Sinn u Zwäck vom Läbe het chönne sy.

Understützt het ihres Verhalte d Natur. Di het nämlech de Mönsche z merke u z gspüre ggä, dass si sech nümme wyter het wölle la usbütte. Dass si nid isch yverstande gsy mit em Egoismus vo de Mönsche. U si het de Mönsche ihri Sterchi zeigt. Mängisch gnue ufene herti, unbarmhärzegi Art.

U öb si hei wölle oder nid: D Mönsche hei wider müesse lehre, dass si nid Beherrscher, sondern Teil vo der Natur sy. U si hei o bitter müesse lehre, dass si eis vo de schwechschte Glider vom Ganze sy.

Vo denn a hei si vo der Natur – wie früecher – nume no das gno, wo si für ds Überläbe brucht hei ...

Militäreschi Entlassig
(nach em Lied «Dynamit», vom Mani Matter)

einisch ir nacht won i spät no bi gloffe
d bundesterasse z`düruf gäge hei
hani ä bärtige kärli atroffe
u gseh grad dass dä sech dert, jemers nei
dass sech dä dert zu nachtschlafener zyt
am bundeshus z`schaffe macht mit dynamit

Nid nume myner Bei sy schwär. O der Chopf. Nid
nume vom Ässe u Trinke sondern o vom Dänke. My
letscht Gang i der Uniform. Vor drüezwänzg Jahr bin
ig i d Regrutteschuel ygrückt. Folgig bin i gsy. Ghor-
sam. Pflichtbewusst. Ha alls gloubt, wo me mir gseit
het. Unkritisch. U we öppis nid koscher isch gsy –
Gedanke vilecht scho – aber nume innerlich. Nie
nach usse zeigt.

i bi erchlüpft u ha zuen ihm gseit: säget
exgüse, aber es gseht fasch so us
wi dass dir da jitze würklech erwäget
das grad id luft welle z`spränge das hus
ja, seit dä ma mir mit füür, es mues sy
furt mit däm ghütt, i bi für d`anarchie

Wyter gmacht han i. Füehrigsperson bin i worde. Ou-
toritätsperson. Gäg obe glöibig, gäg unde dä Gloube
vermittelnd. Gloube ytrichternd. Militärgloube.
Sträng. Hert. Fordernd. Vil fordernd – o vo mir säl-
ber. Aber nümme ganz so gedankelos. Doch scho
chli kritischer. Nümme ganz alls gschlückt, wo vo

obe isch cho. Scho chli hinderfragt. Aber glych ghorsam u pflichtbewust. Überzügt vo myre Tätigkeit. Der Sinn gseh vom Ganze.

was isch als bürger mir da übrig blybe
als ihm`s probiere uszrede, i ha
ihm afa d`vorteile alli beschrybe
vo üsem staat eso guet dass i cha
ds rütli u d`freiheit u d`demokratie
han i beschwore är sölls doch la sy

Was han i nid alls gmacht i dene über sächshundert Dienschttag? Jesses! Zwöi Jahr Militärdienscht sy das. Zwöi Jahr i dere Uniform. Gloubt a Sinn u Zwäck u a no vil meh. Blind gloubt, dass es nötig isch, en Armee z ha. Gloubt dra, wil di Andere o dra gloubt hei. U glych scho chli hinderfragt, öb de würklech alls so müessi sy. So eggig, kantig. So befählsbefolgigsabstrakt. Gfüehllos. Aber äbe: Gfüehl zeigt e Maa i der Uniform nid. Das han i so glehrt, u o so wyter ggä.

d angscht het mys rednertalänt la entfalte
chüel het dr wind um üs gwäit i dr nacht
während ig ihm en ouguschtred ha ghalte
dass es es ross patriotisch hätt gmacht
zletscht hei dä ma mini wort so bedrückt
dass är e träne im oug het verdrückt

De d WK. I bi chli elter worde. Ha Läbeserfahrige gsammlet. Vor es paar Jahr d Abstimmig über d Armee. Geits eigetlech no?, my erscht Gedanke. U du glych scho Frage: Bruchts würklech so vil Soldate, Material, Gäld? Gäge wän de eigetlech? U für wän? Für die da obe? Wie mänge vo dene het mi plaget? Plaget mit syre Macht! Plaget mit syre Arroganz! Das wär jetze e Glägeheit, di Herre arbeitslos z mache. Abzrächne mit dene. U glych: Ds Ganze im Oug bhalte. D Schwyz brucht e starchi Armee. Wie im zweite Wältchrieg, wo d Armee em Hitler het Paroli bbotte. Wo d Armee Sterchi zeigt het u d Gägner am Ymarsch het ghinderet. Ja, mir bruche e Armee, bin i denn schlussändlech überzügt gsy.

so hani schliesslech dr staat chönne rette
är isch mit sym dynamit wider hei
und i ha mir a däm abe im bett
en orde zuegsproche für mi ganz allei
glunge isch nume dass zmonderischt scho
über mi red mir du zwyfel si cho

Später han i du ghört, d Schwyz heigi während em zwöite Wältchrieg mit em Hitler zäme gwärchet. Heigi sehr vil Gold vo ihm überno u o hin u här gschuflet. Also gar nüüt vo starcher Armee. Gar nüüt vo wölle Paroli biete. Alls sygi nume Chriegsgurgel- u Plagöörizüg. Mir syge weder nöitral no starch gsy sondern ganz eifach nume Gäldgyrig. Heige nes la choufe. Heige nes ygchouft. Heige nes verchouft. U drum d Frage: Für was de jetze no en Armee? Wäri si o hütt wider so schwach wie dennzumal? Wäri si hütt o wider z choufe? Oder sogar z verchoufe? Dür wän? Dür d Generäl oder dür d Regierig? Oder sogar dür beidi?

han ig ihm d`schwyz o mit rächt eso prise
frage i mi no bis hütt hindedry
u no uf eis het dä ma mi higwise
louf i am bundeshus sider verby
mues i geng dänke, s`steit nume uf zyt
s`länge für z`spränge paar seck dynamit

Jetze, deheime ufem Bettrand. Ds letschte Mal ds
Uniformhemmli abzieh. «Ruhn! Abträtte!», het er
hütt gseit. Abrätte! Nid wäg oder zruggträtte. Nei.
Ab! Furt! Ändgültig. Nümme z bruche – ömel für d
Armee. Es paar schöni Wort vo grüene Lüt. Der Eh-
resold. Es Nachtässe vo der Gmeind. Fertig! Wen i
zrugg luege, weis i nid, öb i hütt no pflichtbewusst
gnue wäri. Öb i der Sinn no gsiech. I weis nid, öb i
no einisch würdi aafa. Wahrschynlech nid. I bi ig.
Mittlerwyle. Bi nümme liechtglöibig u manipulier-
bar. Kritisch jetze. D Wält het sech nid gänderet. D
Armee o nid.

Aber ig!

Paris

Syt dir o scho z Paris gsy?

I bi. Scho meh als einisch. Paris isch geng wider e Reis wärt. Eiffelturm, Notre-Dame, Champs-Elisées, Louvre, u wie di Sehenswürdigkeite alli heisse, sy imposant.

Wie geng, wen i z Paris bi, gahn i als Erschts ufe Montmartre ueche. Für die, wo Paris nid kenne: Der Montmartre isch – wies der Name seit – e Bärg. Also eigetlech e Hubel. U dert druffe steit d Sacré-Coeur. E riisegi Basilika. Näbe dere Basilika, ufem Place du Tertre, han ig mi bi mym letschte Paris-Bsuech uf enes Bänkli gsetzt u ha der Stadtplan gstudiert. U du isch mer öppis i ds Oug gstoche. Öppis Speziells.

All die, wo jetze meine i verzelli vo der Opéra, vom Arc de Triomphe oder vom Grand-Palais, mues i enttüsche. Vo däm Ort, won i öich möchti verzelle, wüsse wahrschynlech nid so vili vo öich. Aber i möchti öich animiere, we dir einisch uf Paris chöit, dä o ga z luege.

Wie gseit, es isch nid so spektakulär wie der Dome des Invalides, d Madeleine oder der Tour Montparnasse. U o d Ychoufs- u Lädelifreaks mues i enttüsche. Weder Lafayette no Printemps meinen i.

Nei, das won i öich z Paris wetti zeige, isch – der Place de l` Europe.

Är ligt südweschtlech vom Place de Clichy, überem Bahnhof Saint Lazare.

Die wo jetze dänke, Frankrich, Paris, Place de l` Europe – das müessi öppis gwaltig Schöns sy, mues i leider no einisch enttüsche. Der Muulbeeriplatz z Thun isch gwüss grösser u ganz sicher schöner als der Place de l` Europe. U das het mi am Aafang rächt irritiert. Aber jetze der Reihe na.

I bi also gäge dä Place de l` Europe gloffe. Won i dert bi aacho, han i no einisch uf d Strassecharte gluegt, öb i würklech am richtige Ort sygi u ha du sehr Erstuunlechs entdeckt.

Vom Europaplatz us göh nämlech sächs Strasse wäg. U di Strasse hei Näme, wo dä Platz ufwärte: Rue de Vienne, Rue de Madrid, Rue de Constantinopel, Rue de St. Petersbourg, Rue de Liege, u Rue de Londres. Also doch rächt veritabli europäischi Stedt münde stärnförmig ufe Place de l` Europe. Zwar mues me d EU-Gränze chli offener gseh, aber wele Franzos nimmt das so gnau?

Wyter: Di nid diräkt uf dä Platz füehrende, aber glychwohl i der Nechi ligende Strasse hei nid minder klangvolli Näme: Rue de Rome, Rue de Kopenhagen, Rue de Stockholm. Aber o Edinburg, Budapest, Amsterdam, Athen, Mailand, Parma, Florenz u Turin sy wyteri europäischi Grössene, wo ne Strass benamse.

U all das, rund um dä unschynbar, chly Platz. Di schöne Näme hei mer glych nid über d Enttüschig vo der Wärtschetzig vo de Franzose, Europa gägenüber, chönne ewäghälfe.

I bi du der Rue de St. Petersbourg entlang gloffe. Aber o hie e Enttüschig! Nüüt vom «Venedig des Nordens» han i gseh. Nume Hüser, wie tuusig Anderi o z Paris.

Mitts i der Rue de St. Petersbourg bin i nach links abboge. Wie hättis o anders chönne sy: i d Rue de Moscou.

Wider ähnlechi Hüser.

Fasch am Ändi vo der Rue de Moscou chunnt vo links här, i ganz emene spitze Winkel, e öppe glych grossi Strass dri yne. Das ergit dert e chlyne Platz. I ha du gsuecht, öb dä Platz vilecht o e Name het. Leider han i nüüt gfunde. Nume: Won i ds Schild vo däm Platz gsuecht ha, han i gseh, wie di Strass heisst: Rue de Berne! Nid öppe Rue de Genève oder Rue de Zürich. Nei, eifach Rue de Berne! Churz entschlosse han i du dä Platz i Place de Russe-Suisse touft. Eh ja. I ha nid uf Bärnpatriotismus wölle mache. Wil, we mir Schwyzer de scho einisch Glägeheit hei, bi de Europäer z sy, de müesse mir doch froh sy drum. U Russe-Suisse tönt doch guet, oder? So richtig International. Di bhäbige Schwyzer u di nid minder bodeständige Russe z Paris ufemene Platz zäme vereint. Es schöns Bild!

I bi du d Rue de Moscou no bis zum Ändi gloffe u ha mi nächär ufe Rückwäg gmacht. Zersch wider es paar Meter dür Moskou u de e churze Ufenthalt uf mym Russe-Suisse Platz. Vo dert us han i du d Wahl gha, äntwäder chli links, uf Moskouer-Kurs z blybe, oder ehnder chli rächts, gäge Bärn zue z stüüre.

So spontan wärs mer klar gsy. Aber du sy mer plötzlech Zwyfel cho. U Frage sy uftoucht.

Söll i links oder rächts? Söll i e lingge Russ oder e rächte Schwyzer sy? Früecher het me eim, wo d Schwyz nid so patriotisch het wölle gseh, wie me das im Grosse u Ganze gmacht het, also ehnder chli links dänkt het, ds Wort «Kommunischt» aaghänkt. U me het ihm empfohle, doch nach Russland uszwandere, wes ihm hie nid passi. Hütt isch das nümme so aktuell. Der ysig Vorhang isch verrumt.

U glychwohl steit d Frag vo links oder rächts geng wider öppe im Ruum. D Schwyzer Antwort isch zwar klar: nöitral. Weder links no rächts. Aber: Sy mir Schwyzer eigetlech würklech nöitral? Chöi, ja dörfe mer das no sy, i däm vereinte Europa?

Früecher sy mer nöitral gsy – u hei ds Gold vo de Jude gsammlet. Sy nöitral gsy – u hei glych gluegt, dass ds Boot nid z voll isch worde. Z beurteile, oder z verurteile, öb das denn Rächt isch gsy, fallt üs hütt schwär un i dänke, dass di hüttegi Generation das o gar nid cha. U vilecht o gar nid söll.

Aber was mir hütt mache, chöi mer beurteile. Drum isch mer ufem Russe-Suisse Platz d Frag cho: Sy mir Schwyzer mit üser Nöitralität nid Gratwanderer zwüsche Humanität u Profit? Sy mir nöitral oder bruche mer üsi Nöitralität nume als Deckmantel?

U wyter no: Wie isch de üsi Nöitralität z verybare mit Waffehärstellige u Waffeliferige? Mit em Verchouf vo Waffe bezieh mir doch Stellig. Sy nümme nöitral. Oder wie isch d Nöitralität z verybare mit em bewaffnete Ysatz im Ussland? O dert näme mir Stellig für irgendöpper Bestimmts.

Dörfte mir de als Staat, wo grad o wäge syre Nöitralität in Europa nid wott mitmache, Stellig bezieh zu europapolitische Theme?

Chöi mer überhoupt no nöitral sy i däm grosse, gmeinsame Europa? Chöi mer üs i Zuekunft überhoupt no erloube, zu Nüütem klar Stellig z bezieh – ussert es dieni üs?

All di Frage han i mir gstellt, won i ufem Russe-Suisse Platz bi gstande, u gwärweiset ha, öb links oder rächts.

U bi du glych nach Rächts abboge. D Bärnstrass z dürab.

Wiso dass i dä Wäg gwählt ha, fraget dir öich?

Nid us patriotische Gründ. Nei. Won i nämlech chli a my wanderndi Zuekunft dänkt ha, isch mer klar worde, dass o d Bärnstrass einisch z Änd geit. U de mündet si zwangslöifig i ne anderi Strass. U die treit, öb mir wei oder nid, mit jeder Garantie e europäische Name.

D Schwyz uflöse

Syt dir o erchlüpft, wo dir ghört heit, der Wüeschte-
sohn, der Muammar al Gaddafi, wöll, dass me d
Schwyz uflöst? Är het das nid syne Kollege bim Jas-
se i sym Beduinezält verzellt. Nei, är wott dä Aatrag
der UNO-Vollversammlig stelle.

D Schwyz uflöse wott er also. D Landesteile de
umligende Staate zueteile. Absurd! Ömel my erschti
Reaktion.

Aber du han i drüber nachedänkt. Was wäri, we
…? I ha nume eifach chli d Gedanke la weide.

Si hätti ja sogar Vorteile, di Uflösig. We d Dütsch-
schwyzer de Dütsche u d Wältschschwyzer de Fran-
zose aaglideret würdi, de gäbtis ke Röschtigrabe
meh. Stellet nech di Erliechterig vor, we mir nümme
mit «les Amis welsch» müesse über «la Röschti» par-
liere. U stellet nech d Erliechterig vo de Wältsche –
pardon – vo de ybürgerete Franzose us de ehemalig
fankophone Gebiet vo der ehemalige Schwyz vor, we
die nümme mit de «Suisse primitive», oder de «Grüe-
zi», müesste «spreschen», sondern die bi de Dütsche
chönnte la sy. Hätti doch Vorteile, oder?

U stellet nech ds Problem um ds Rütli vor. Dert
gäbts ke Grund meh, drüber z lamentiere, wär jetze
dert wenn, wie u was u politisch wie wyt usse öppis
dörft säge. Ds Rütli wäri wider das, wos eigetlech
scho geng isch gsy: E ganz e gwöhnlechi Matte. D
Chüe chönnte dert wider ungstört weide u der Buur
chönnti Bschütti ustue, denn wes nötig isch – u nid
denn, wes kener Tourischte meh ume het. O das hätti
doch Vorteile.

U sogar der dütsch Kläffer wär gschweigget. Dä

hätti de ke Müglechkeit meh, mit de Schwyzer indiänerlis z spile. Plötzlech wäre mer de o Höiptlinge – oder är wäri o ne Indianer – je nachdäm vo welere Syte mes würdi aaluege.

O ds Bankegstürm hätte mer uf ei Schlag glöst. D Schwyzer Banke giebs nümme u o der Chef vo der dütsche Bank wäri uf ds Mal ke Usländer meh, sondern plötzlech e Eigete. Dass de dä d «Union Bank of Switzerland» würdi i di «Deutsche Bank» integriere, wäri meh als logisch. D «Credit Suisse» würdi zur «Credit Germany» umbenannt u scho wäri d Finanzwält in Europa wider im Lot.

D GSoA hätti ke Ufgab meh, wil d Schwyzerarmee i der Nato würdi ufgah u all di bilaterale Abkomme, all di Stüürmillione, wo me süsch no würdi usgä für di Verträg uszhandle, wäre gspart. Ds Gebiet vo der Schwyz wäri ke Enklave meh u d EU würdi äntleche flächedeckend sy.

Chli tuure würdi mi zwar d Helvetia uf de Fränkli. Die gäbtis nämmlech o nümme. Aber vilecht chönnte me ja de uf nöi druckti Füf-Euro-Note ds Matterhorn abbilde. Oder e Tafele Schoggola. Oder e Bitz Chäs.

U mit der Uflösig vo der Schwyz wäri de o ds Tällspiel dert, wos eigetlech scho geng häre ghörti: nach good old germany! Der Schiller isch nämlech sälber gar nie ufem Rütli gsy – spezieller no – är isch nid emal einisch i der Schwyz gsy. U het doch üsi Urgschicht so träffend beschribe. Mit gfährleche, bluetdrünschtige u mörderische Szene. U mir Schwyzer müesste nes nümme di unbequemi Frag la stelle, wiso mir e Mörder als Symbol vo üsem Land verehre. D Gschicht vom Täll wäri de ändgültig nume e

Gschicht. U drum wäri der Täll o ke Mörder meh, sondern eifach e Teil vomene Schouspiel.

D Tessiner hätte zwar no chli es Problem. Eigetlech würdi die ja Italie zueteilt. Wil im Tessin gly meh Usländer als Yheimischi läbe, giebs de vilecht scho no chli es Gschlegel drum, wär dä Landesteil söll übernäh. Der Papscht chönnti nid hälfe – als Dütsche. Aber der Berlusconi het ja scho gröberi Problem glöst. Im Notfall per Dekret u im Alleigang.

Nume öppis müessti jetze no klärt wärde (u da niem mi wunder, wie der Gaddafi das gsiech!): Wo sölle d Svizzera Rumantsch, d Rätoromane, häre? Zu Öschtrich? Di verstöh dert sowenig Rätoromanisch wie mir andere No-Schwyzer o. Zu Italie? Nobis capito! Wahrschynlech würdi de Bündner nüüt Anders übrig blybe, als d Gründig vomene eigete Staat: Grischun.

We das so chiem, liebi Räschteuropäer, de: buona notg!

Es git no es PS:

Aaschliessend a das ganze Gaddafi-Gstürm het eine gmeint, d Schwyz söll Lybie der Chrieg ga erkläre, söll mit der Armee dert ache ga ufrume u d Geisle befreie. Das het de nid öppe der Housi am Stammtisch im Bäre, nach ere Ladig Bier, verzapft. Däm hätti me nämlech gseit: bisch doch e Lööl! Nei, das het e Tessiner Grossrat usegla! Wie mues me äch emene settige säge? Lööl darf me ja nid. Das isch ja schliesslech e Parlamentarier …

Speziells

Esle

Ghört im Regionaljournal:
Die Bürgerleche
hei de Lingge
es Zückerli
ggä.
U di Lingge
aaschliessend,
so quasi als
Gägeleischtig,
de Bürgerleche
o.
I frage mi:
Hei mer eigetlech
Esle
uf Bärn gwählt,
dass die enand
Zückerli
verteile?

I Franke usdrückt

I der Letschti touche i de Medie vermehrt Zahle uf. U zwar im Zämehang mit de Banke. Eigetlech logisch zwar. Aber es sy Zahle, wo sech vo üs je lenger je meh entferne. Mir hei dür di mediali Bekanntgab vo dene, ds Verhältnis zuene verlore.

Synerzyt, wo d Swissair isch am Bode gstande, statt i der Luft desume z flüge, het der Bund über ne Milliarde Franke i das Undernäme gsteckt. Gnützt hets zwar nümme. Aber d Bevölkerig het sech wahrschynlech denn ds erschte Mal umene «Milliarde» kümmeret. Het ds erschte Mal di Summe vor sech gseh. Ömel vorem geischtige Oug. Was aber scho denn fasch nid müglech isch gsy, isch ds Erfasse vo dere Summe. E Milliarde isch eifach wahnsinnig vil Gäld. Unverglychbar mit öppis Realem.

U i de letschte Monet hei mer – zersch vo Amerika här, u de, wie meischtens, chli später o bi üs – vo Bankekräschs ghört. U vo Stützigsmassnahme.

O bi üs hets gchrachet. D UBS isch i Schieflag grate u der Staat het se müesse understütze. Mit sächzg Milliarde – oder so. Zwar het d Regierig öppis gseit vo «es sygi de nid so vil», oder vo «d UBS zahli de das em Staat wider zrugg», oder «wes guet göng, verdieni der Staat no dranne, wil d UBS das Gäld müessi verzinse.» Aber eigetlech drus cho isch der Normalbürger scho lang nümme. U o d Summe, äbe die sächzg Milliarde, het ne chuum meh gchützelet. Ja, di einzegi Milliarde für d Swissair, isch em gwöhnleche Volk scho fasch lächerlech chly vorcho.

U o d Milliöndleni, wo d Bänker nid als Lohn, sondern als Boni kassiert hei, hei eim uf ds Mal o nümme so speziell dünkt. Was sy de scho di paar Milliöndleni, wo da so ne Ospelt übercho het. Söll er doch, hei mer aafa dänke. Das isch ja fasch nid der Red wärt.

U wo über so ne Spitzeverdiener isch grüsslet worde, wil dä vierezwänzg Milliöndleni abkassiert het, isch dä sogar vernünftig worde. Är het gseit, är verzichti uf Zäh vo dene Vierezwänzg u löi sech nume no Vierzähni la uszahle. Da hets üs doch scho fasch dünkt, dass sygi de en arme Cheib, so eine. Oder mir hei aagfange, a ne settige ueche z luege. Wil me nid erwartet het, dass so eine so vernünftig cha sy. Ja, me isch sogar sowyt ggange, dass me het Bedure mit ihm übercho. Wil me sech gfragt het, öb ihm de di Vierzähni überhoupt no würde länge, für im nächschte Jahr über d Rundi z cho.

Äbe, wie gseit, mir hei d Relation zu de Zahle verlore. Es Milliöndli isch würklech nümme vil Wärt – dänke mer mittlerwyle.

Derby sötte mer einisch chli ds Rächnigshirni yschalte u Verglychszahle kreiere.

Als Bispiel näh mer e Bouarbeiter. E Schryner. We dä d Stifti fertig het, also mit öppe zwänzgi, verdienet dä öppe füfzgtuusig Franke im Jahr. U de stygt der Lohn geng chli. Bi der Pensionierig chunnt er uf öppe achzgtuusig Franke. Während dene füfevierzg Arbeitsjahr verdienet är also öppe füfesächzgtuusig Franke pro Jahr. Während füfevierzg Jahr.

Wie gseit, das isch ganz e grobi Aanahm un i wetti mi de bi all dene Schryner scho jetze entschuldige, wo weniger verdiene. Aber für my Verhältnisdarstellig nimen ig jetze einisch die Zahle.

We also e Bouarbeiter während syne füfevierzg Arbeitsjahr im Jahr durchschnittlech füfesächzgtuusig Franke verdienet, de verdienet dä während sym ganze Läbe rund drei Millione Franke.

Me cha das jetze rächne wie me wott. Me cha säge, dass e Bouarbeiter hütt meh verdienet, als dass i hie aagno ha. De chan ig säge, dass e Verchöifere weniger verdienet, als e Schryner. Oder me cha säge, e Bankaagstellte verdieni meh. O wes sogar no ds Dopplete wäri – u das isch ja de bimene gwöhnleche Bankaagstellte sicher nid der Fall – de würdi dä sächs Millione verdiene. Pro Läbe, wohlverstande. Nid pro Jahr.

Aber es isch ja eigetlech o glych, öbs zwo, drei, oder sächs Millione sy.

Wichtig isch, dass mer wider lehre ds Verhältnis z übercho. Ds Verhältnis zu de Zahle.

We dä arm Spitzeverdiener uf zäh Millione verzichtet (i eim Jahr, notabene!) de verzichtet dä uf das, wo zwee bis drei Normalverdiener während ihrem ganze Arbeitsläbe überchöme. Oder anders gseit, für das won är bhaltet, nämlech vierzäh Millione (geng no i eim Jahr!), müesste vier bis füf Normalverdiener ds Läbe lang wärche …

Luege mer ds Ganze no usenere andere Optik aa: D Organisation «World Vision» zum Bispiel seit, dass me mit sächshundert Franke im Jahr, i der dritte Wält nid nume emene Chind chönni hälfe, sondern sogar o sy Familie, sy Umgäbig chönni understütze, für dene ds Läbe erträglecher z mache. Mit sächshundert Franke im Jahr.

Jetze spile mer einisch mit emene no chli schrege Gedanke u näh aa, dass dä Spitzeverdiener nume vordergründig gseit het, är verzichti uf di zäh Millione. Insgeheim het er se nämlech glych gno – u se de grad «World Vision» yzahlt. E schöne Gedanke, oder? U no schöner isch, we mer üs einisch überlege, wie wyt die zäh Millione würde länge. We mers usrächne hätti dä Spitzeverdiener uf ei Chlapf fasch sibezähtuusig Chind – u ihrne Familie! – ds Läbe für nes Jahr erliechteret. Eifach, wil er uf di zäh Millione verzichtet het.

U we mer d Gedanke no chli wyter spinne, de chöi mer usrächne, dass är ja eigetlech für sys eventuelle Sous- u Brousläbe di räschtleche vierzäh Millione gar nid bruchti, sondern ja nume – u da müessti är de o no Gas gä – ei Million mögt dürechlepfe. De hätte mer drizäh wyteri Millione für die, wos ne nid so guet geit, wie üsem Spitzeverdiener, zur Verfüegig. Was würdi bedüte, dass är wytere guet zwänzgtuusig Chind u ihrne Familie e chli es bessers Läbe chönnti finanziere.

Churz: We üse Spitzeverdiener nume das für sich würdi näh, won er wahrschynlech imene Jahr sowiso gar nid dürebringt, de chönnti är mit em Räschte fasch drissgtuusig Chind u ihrne Familie us ihrer Armuet usehälfe.

U wil o drissgtuusig Chind wider eifach nume e Zahl isch, wo me sech schlächt cha vorstelle, wott ig o die i ds Verhältnis setze. Drissgtuusig Persone hei im Stade de Suisse z Bärn Platz. Es ganzes Stadion voll Chind. U dene (u ihrne Familie!) es ganzes Jahr lang ds Läbe verbessere, das chönnti me mit dene

Millione, wo dä Spitzeverdiener i eim Jahr müessti verzichte druf.

Mir rede da aber geng no nume vo Millione. Wil i jetze scho so vil über Zahle gschribe ha, giben ig öich drum no e Rächnigsufgab mit ufe Wäg: Überleget nech einisch, wievilne Chind d Swissair-Milliarde gholfe hätti. Oder wievil dene d UBS-Understützig bracht hätti. E Tipp: e Milliarde het tuusig Millione!

Aber vilecht weit dir das ja gar nid so gnau wüsse. Wils eifach uverschandbar vil isch …?

U o hie no es PS:

Der Peter Kurer, ehemalige Verwaltigsratspresidänt vo er UBS, het sy Nachfolger, der Undernämer u Ex-Finanz-Bundesrat Kaspar Villiger müesse i sy nöij Arbeit bi der UBS yarbeite. Är het derfür ei Million übercho. Nid Lire. Schwyzerfranke!

Kassierinne

«A weli söll i äch?» Di Frag stellen ig mir geng wider, wen ig i der Migros mit mym gfüllte Ychoufswägeli e Kasse aastüre. Richtigerwys würdi di Frag zwar heisse: «Zu welere söll i äch?»

Nämlech zu welere Kassierin? Das isch drum gar nid so unwichtig.

Es git di Juflegi. Zu dere gahn i, wen igs schuderhaft pressant ha. Dä Typ Kassierin het alls total im Griff. Ohni Zyt mit grüesse u fründlech sy z verliere, schiebt si di gchoufte Artikel näbe däm Piepsizüg düre u – bevor ig rächt gmerkt ha was geit – pängglet si mir scho der gschuldet Betrag a Chopf. U wehe i ha de d Cumuluscharte nid scho im Aaschlag u d Nötli abgabebereit parat zwüschem Dume un em Zeigfinger ygchlemmt. De überchumen ig e Blick – es Ross würdi ne nid überläbe.

Aber äbe: Schnäll sy si, di Settige. U das hilft mer mängisch, wen i im Gjufel bi.

Di Anderi, di Gmüetlechi, das isch die, wo so nes «Tante-Emma-Lädeli-Gfüehl» lat la ufcho. Scho vo wytem lächlet si mi härzlech aa. Si seit mer fründlech «Grüessech». U de het si, näbscht em Erfasse vo de Prise, geng Zyt, es paar Wort mit mer z brichte. Uf ds Füregrüble vo der Cumuluscharte mag si gwarte. U o uf ds Gäld isch si nid so schnäll erpicht, wie di Juflegi. We de ds ganze Prozedere düre isch, de seit si no «Adiö», wünscht e schöne Tag u lächlet mi no einisch härzhaft aa.

U de gits no di Dritti. Die wo eifach tuet. Si grüesst

mi zwar. Aber ohni Lächle u ohni Blickkontakt. Si wartet zwar o, bis i ds Chärtli-Nötli-Prozedere abgschlosse ha. U si seit mer o «Adiö». Wie di Gmüetlechi. Aber me merkt, dass si eigetlech weder am Grüesse no am Adiösäge interessiert isch. Si het di Floskle eifach so glehrt. U si machts drum o nume eifach so.

Weli Art vo dene drei Kassierine dass ig bevorzuge? Vilecht zersch, weli dass i ehnder e chli weniger mag: di Dritti. Zu dere gahn i nid. O wen ig anere andere Kasse lenger mues aastah.

Die Juflegi isch i gwüsse Situatione gäbig. Aber normalerwys gahn i zu der Gmüetleche. Eh ja, es isch ja ke Schläck, so der ganz Tag anere Kasse z hocke. U de dünkts mi albe, dass es paar fründlechi Wort nid nume myre Stimmig guet tüe, sondern dass my gueti Luune o d Kassierin cha ufstelle. U für öpperem so nes chlyses Fröideli z mache, sötti eim eigetlech d Zyt nid röie. O nid bim Ychoufe.

Wie wärs, we d Migros würdi zwo Sorte Kasse yfüehre? Die für di Juflige u die für di Gmüetleche?
Die dritti Art chönnte si ruehig abschaffe …

Stadtgschichte

I sitze im Nüünitramm. Ufem Wäg i d Feriemäss. Näbe mir sitzt e Maa mit ere Aktetäsche. Är luegt duurend uf d Uhr u schynt närvös z sy. Är tuet d Aktetäsche uf, chnüblet drinnume, tuet se zue – für se de grad wider uf z tue. Zwüschyne putzt er sech d Nase. U mängisch o d Brülle. De wider der Blick uf d Uhr. Dä isch älwä spät dranne. So wie dä tuet, sötti dä scho lengschte anere Sitzig sy.

Won er du mit mir zäme am Guisanplatz usstygt u gäge d Hallene stüüret, verstahn ig, dass dä mues jufle. Das isch doch e Ussteller, wo der Zug verpasst het. U d Feriemäss isch ja scho syt zäh Minute offe.

Chli später gsehn i, dass my Aanahm lätz isch gsy. Dä närvös Mano raaset nämlech vo Stand zu Stand u sammlet Prospäkte. Über Gsundheits- u Wellnessoasene. Es isch z hoffe, dass är zur Rueh chunnt, bevor d Rueh zu ihm.

Zrugg vo der Feriemäss. Wider im Nünitramm. Hinder mir zwo Stimme. I schetze, dass es zwo elteri Froue sy, wo da zäme parliere. Si tües lut u aagregt. Si närve sech luthals ab de junge Lüt, wo ihne nid Platz wölle mache. Derby sygs doch Aastand, dass di junge Lüt ufstöhij damit di Alte chönni hocke.

Langsam füllt sech ds Tram. I luege um mi um. Es stöh scho Lüt i de Gäng. Un i hocke geng no. Ghören i no zu de Junge, wo sötte ufstah – oder bin i bereits bi de Alte, wo dörfe blybe hocke? I bi mer nid so sicher. Sicher bin ig mer nume, dass me alt isch, we me ds Gfüehl het, me dörfi blybe hocke.

Konzärtbsuech

Söll i oder söll i nid?

I stah vor em Schalter u bi nid schlüssig, öb i es Ticket für ds Plüsch-Konzärt söll choufe.

Wiso nid, fraget dir öich?

D Erklärig isch dänkbar eifach: Wiso söll ig, als pensionierte Maa, a nes Rockkonzärt? I, wo mys Läbe lang nume klasseschi Musig glost u klasseschi Konzärt bsuecht ha. I, wo sälber syt über dryssg Jahr imene Chor mitsinge. Klassisch, natürlech!

Söll i, oder söll i nid? Geng no d Frag.

Mol, i ha ne versproche, dass i einisch a nes Konzärt vo ihne chume. U was i verspriche, halten i o. Ufem Ticket steit: Konzertbeginn 21.00 mit «The Hunters». U d Plüsch spile am 22.30. Halbi elfi! Denn höre albe di klassische Konzärt uf. Ja nu, d Jugend het halt anderi Läbeszyte, als ig alte Esel. Ja! Alte Esel! So spät no a nes Konzärt z gah. U de ersch no uswärts. Eh nu. Für einisch chan i ja de chli ga vorschlafe. So wie früecher, als Chind, vor der heilige Nacht.

Die letschte paar Tag han i öppe no einisch das Ticket füre gno us chli aagluegt. Je nach Stimmig mit emene jugendlechverschmitzte Lächle, oder aber mit emene nachdänklechunverständleche Blick. I ha mer probiert vorzstelle, wie das wird sy i däm Lötsch-bärgsaal z Spiez. Was i afe ghört ha, wird d Musig ehnder lut sy – aber das bin i mi ja chli gwanet. We di füfzg Lüt vo üsem Chor mitenand es Fortissimo singe, han i mängisch o fasch ds Gfüehl, i müessi mer d Ohre zue ha.

U jetze loufen i voller Tatedrang, ufgstellt u rächt

gspannt, vom Parkplatz bi der Spiezerchilche i Richtig Lötschbärgsaal. Halbi nüni isch es. Zyt gnue also, für ne guete Platz z ergattere. Nummeriert schyne die nid z sy. Ömel ufem Ticket steit nüüt settigs.

Eh, was isch jetze o das Luschtigs? Da chöme drü Meitschi – oder sys scho Froue? – u jedi het so nes Stofftierli im Arm. Das heisst, zwo vo dene heis im Arm. Di Dritti chönntis nid. Si umarmet nämlech e fasch läbesgrosse «Pink Panter» u treit dä zum Maa a der Aabekasse.

Scho komisch, dänken i. Di sy doch gwüss nümme so jung – u tüe geng no bäbele. Alt gnue für a nes Rockkonzärt, aber z jung, für ds Bäbi deheime z la. Ja nu, was sölls? I mues ja nümme alls verstah.

Grad fründlech luegt dä a der Kasse o nid dry. U die Zwee, wo vor der Ygangstür stöh, o nid. Wenigschtens chame die yordne. Läderjagge, Tätowierige u d Harley sicher hinder em Huus. Rocker äbe. Ja, denn bin i o no jünger gsy, wo der Peter Fonda als Easy-Rider über d Lynwand gmotoret isch.

U jetze stahn i im Saal. Im Lötschbärgsaal. Nid ds erschte Mal. Aber ds erschte Mal für a nes Rockkonzärt. U zimlech sicher ds letschte Mal! Wen ig dene Zuehörerinne u Zuehörer hätti chönne Vatter sy, wärs ja no ggange. Aber Grossvatter!

«Hesch Ghörschütz derby?», chräit mi es jungs Tüpfi aa. Jesses, wie gseht die ömel o us: Schwarzi Ouge, schwarzi Wimpere, schwarzi Lippe, schwarzi Haar u sogar d Chleider schwarz – nume d Hörner fähle …

«Natürlech», han i locker wölle zrugg gä, ha du aber gmerkt, dass die gar ke Antwort het erwartet.

Läck das Gnusch! Chrüz u quer loufe d Lüt dür dä Saal. Wo sy äch de d Stüehl? I sueche, luege u – es fahrt mer scho chli i d Glider, wil mys Hirni no rächt schnäll isch im kombiniere. Jetze isch halbi nüni. Am Nüni di erschti Gruppe, em halbi elfi de d Plüsch für öppe anderhalb Stund. Zämezellt also vom halbi Nüni bis Mitternacht – u das stehend!

Nei, das cha, das wird doch nid sy! Zum Glück erinneren ig mi, dass es i däm Saal no en Empore het. Vilecht hets dert …

«Ke Zuetritt!», vernichtet so ne fyschtere Läderjagge Maa myner Hoffnige.

Was jetze? Eh, tue doch nid so! Grad so alt bisch o nid, dass du nid es paar Stund chasch stah. Schliesslech chasch ja de o no chli umeloufe. Es het ja de kener Stüehl, wo der im Wäg stöh. I gah also yne u luege chli füre z cho. Wil i dä Saal kenne, weis i, won er akustisch am Beschte isch un i kämpfe mi tapfer dür d Lüt dür. Natürlech gspüren i di mitleidig fragende Blicke. Aber uf die han i mi vorbereitet. Drum tüe si mer nüüt. I mag se ha.

Ooou!!, Das isch ja fürchterlech lut! I verhäbe wäge däm Lärme myner Ohre! Vor u näbe mir föö sech di Jugendleche aafa bewege. Aber d Lutsterchi schynt se nid z störe. D Arme bruche si für ume z fuchtle, nid für d Ohre zue z ha. U du gsehn i vore uf der Bühni «The Hunters». Gspannt losen i ufe Text. Obwohl i mer ybilde, chli änglisch z chönne, verstahn i kes Wort vo däm, wo si singe – oder wie me däm o geng wott säge. U d Sängere – ömel de längi Haar u de breite Hüft aa chönntis e Frou sy – het e Stimm wie bim Rotchäpli der bös Wolf, nachdäm er d Chryde het gfrässe gha. Churz: «The Hunters» mache ihrem Name alli Ehr. So wie die, hets albe tönt, we di ächte Hunter ufem Militärflugplatz gstartet sy.

«Autsch!», entfahrts mir. Aber das schynt niemer ghört z ha. Ömel ganz sicher nid das Frölein, wo i däm Mönschegstungg inne Gabriole macht. Aber es heimelet mer gwüss schier. I gah nämlech syt emene guete Jahr i ds Thai Chi. U dert macht me ähnlechi Bewegige – nume chli langsamer.

«Autsch!», scho wider! Das Mal vo hinde. I bi natürlech scho nes dankbars Opfer. Rund um mi um stöh Manne u Froue, wo sech im Rhythmus vo der Musig bewege. U mit ihrne Arme schaffe si sech Platz. E churze Momänt dänken i, öb i wöll Thai Chi mache. Aber irgendwie …

Läck, jetze fat ds Publikum no aafa pfyfe! Eigetlech zu Rächt. So Krach u Lärme mues me uspfyfe. U plötzlech stecken i myner Finger i ds Muul u erchlüpfe sälber ab mym Pfiff. Eigetlech möchti no «Buuhh» rüefe. Das han i o einisch ghört, dass me tüeij usbuuhe. Warum dass die das hie nid mache, u statt desse näbscht em Pfyfe o i d Händ chlatsche … Halt würklech komisch, di hüttegi Jugend.

Schynbar isch jetze Pouse. Aber wiso geit niemer i Vorrum? Es blybe alli stah. D Luft stinkt nach Schweiss. Es isch drückend heiss. Mir tüe d Bei weh. I luege uf d Uhr. Halbi elfi. So Plüsch, chömet!

Ds Warte verchürzen i mir mit Gedanke a di Band. Das sy füf jungi Giele, wo mi öppe einisch um bruefleche Rat gfragt hei. Musig mache chöi si schynbar. Aber vo däm, wo rund um so ne Betrieb mues greglet u versicheret sy, hei si ke Ahnig. Drum han ig ne chli gholfe – u ha ne du halt versproche, einisch a nes Konzärt z cho.

Es ohrebetöibends Pfyf, es Gmöög u nes Kreisch, risst mi us myne Gedanke use. Di Füf chöme uf d Bühni – u spile. Lüter no als d «The Hunters»! Schad. Ganz schad. Wil i uf der CD, wo si mer gschänkt hei, der Text vil besser cha verstah u d Musig meh cha gniesse, als hie i däm Rummel.

Oh, das kennen i! Scho nach de erschte zwee Täkt weis i: Heimweh! Mys Lieblingsstück! I tue d Ouge zue, wippe chli vo eim Bei uf ds Andere u gniesses. Aber was isch jetze o settigs!! Rund um mi um fat ds Volk aafa grööle. Singe em Ritschi – däm wo vor-singt – dry! Das gits ja nid!

Schwyget u loset doch einisch zue!, möchti prote-schtiere. I stelle mer vor, wie das wäri, we der Pava-rotti würdi singe – u der ganz Saal grööleti uf ds Mal mit … Nei, das isch unvorstellbar!

Aber schynbar gfallts der Bänd. Si lache ömel u der Klavierspiler gryfft i d Taschte, wie amene klassische Konzärt. U me gspürts, ja me gsehts syne Bewegige a, dass er voll u ganz i dere Musig inne isch. Är lat sech mittrage vo dene Kläng.

So schwyget u loset doch einisch, rüefts i mir inne scho wider, wil igs ganz eifach schad finde, dass das Klaviersolo dür ds Stampfe u ds Kreische gstört wird. O der Schlagzüger schynt im Elemänt z sy. Vil z lut zwar für myner Begriffe. Aber schynbar hei sech my-ner Ohre scho a dä Krach gwanet. Krach? Nei, eiget-lech eifach sehr luti Musig. Schön, rhytmisch u harmonisch – aber vil z lut! Was mi aber no vil meh stört, isch ds Publikum. Das gröhlet, stampfet, fuchtlet u tuet. Grässlech!

Wen i aber de beide Gitarischte zueluege, wo über d Bühni gumpe, überchumen i der Ydruck, dass die a all däm der Plousch hei. U warum jetze all di Teddys, Elefäntli, Plüschtierli u sogar der Pink Panter uf d Bühni ueche flüge, isch mer äbeso schleierhaft, wie das, dass jetze d Plüsch nümme singe derfür aber ds Publikum: «Du stürsch üses Ufo a jedem schwarze Loch verby», tönts i hundertfachem Chor. U gar nid emal so leid. Söll i äch o hälfe? Der Text kennen i ja. Fasch chli schüch, hänken i y: «Du stürsch üses Ufo a jedem schwarze Loch verby.» U dir gloubets nid: es fägt! I weis, dass der Refrain no einisch chunnt. U das Mal singen i ganz lut mit. Oder han i äch sogar gröölet?

Der ganz Saal brodlet, wo d Plüsch ds ändgültig letschte Stück aasäge. «Glücklech oder nid», heissts. Glücklech i all dene junge Lüt inne? I dere Hitz? Bi däm Lärme? Mit blaue Möse vo de Teenis. U mit Bei, won i fasch nümme gspüre?

Glücklech oder nid?
Das fragen i mi no, won i scho lang wider im Outo sitze, u gäge hei zue fahre.

Jungfrou-Marathon

«Spinnsch eigetlech!», fahrts mer düre Chopf. Un i weis nid gnau, zu wäm i das säge. Zum Wecker, wo da näbe mir ufem Nachttischli tschäderet, oder zu mir sälber.

«Oh, blyb doch lige!», forderet jetze e Stimm i mir. I kenne se. I kenne se guet! Äs isch ds «Bequemeli», wo sech mäldet. Das Byscht het mi i der letschte Zyt hüffig ufgsuecht u mir ds Läbe schwär gmacht.

«Nei! Uf jetze! Du hesch der es Ziel gsetzt. Also gang drahi», sägen i lut zu mir – u erchlüpfe sälber ab mym Befählston.

Nach emene usgibige Zmorge, stahn i jetze z Interlake ufem Höhewäg. Mir geits ja no guet. My Wohnig ligt nume es paar hundert Meter näbem Startgländ. D Löifernummere han i geschter scho greicht, so dass i hütt nid allzu früech us de Fädere ha müesse.

«Willkommen meine Damen und Herren zum diesjährigen Jungfrau-Marathon.»

D Stimm usem Lutsprächer tönt so, wie we si scho mit es paar Liter Isostar ggurglet hätti: Früsch wie nes Alpefeieli – u für mi ablöschend wie Bschütti. Warum tönt dä so zwäg – un i ha doch scho jetze Bei, wie we Blei dinne wäri?

«Was suechsch du eigetlech hie?», fragt mys «Bequemeli» einisch meh.

«Schwig jetze», fahrts mer düre Chopf (wil ig ihm uf di Frag würklech ke vernünftegi Antwort cha gä).

«Noch eine Minute bis zum Start.» I gseh ne vor mer, dä Brichti: Pepsodent-Lächle, sportleche Aazug mit Gravatte. Früsch rasiert u gfeniälelet. Ohni di gringschti Ahnig vo däm, wo um die Zyt imene Löier inne vor sech geit.

Päng!

«Wir wünschen allen Läufern vil Glück und Erfolg auf den gut zweiundvierzig Kilometern.»

Ändlech es vernünftigs Wort vo däm Gschwälli.

Ja, Glück wirden i bruche uf dene länge Kilometer. I träppele vo eim Fuess ufen Andere, wils e Momänt geit, bis di letschte Teilnämer chöi starte. U zu der letschte Gruppe ghören ig. Dert dry wird me yteilt, we me ds erschte Mal derby isch.

«Spinnsch!» Scho wider ds «Bequemeli». U grad usgrächnet jetze, wos vorne Platzt git. Aber für das han i ke Zyt meh. Alls, won ig mir i de letzschte Wuche a Strategie, a Konzept u a Müglechkeite ha düre Chopf la gah, isch wie wägblase. I trappe eifach mit im Strudel vo de Mitlöifer. Scho geits i Richtig Zentrum. Irgendwie gniessen i das, dür die süsch fasch vom Verchehr erdrückte Strasse z loufe. Gniesses, dass mi der Eint oder Ander kennt.

«Ja was. Dä wott o dert ueche seckle?», fragt sech sicher mänge.

«Ja, är wott!», machen ig mir sälber Muet.

Gäge Bönige zue gits du scho chli Platz. Meh u meh fat sech ds Fäld aafa i d Lengi zieh. Wo isch äch der Kaminski? Gwinnt er hüür wider?

«… sind drei Äthiopier», ghören i Lutsprächerfätze. Ja nu, mir cha das ja glych sy.

Also. Jetze geits ds erschte Mal chli ueche.

«Gsteigwyler in Sicht», mälde sech myner Gedanke. U daderzue chunnt mer es volkstümlechs Stück i Sinn: Chaltebrunn in Sicht. Wo isch äch das: Chaltebrunn? I wott de deheime einisch nacheluege. Im Marschtakt geits gäge Zwöilütschine zue. Jetze nume e chli erhole. Vor Luterbrunne geits de no einisch obsi. Chreft spare. Trinke. Ässe. Nid z vil.

Ou! Ää! E Misstritt!

«Ääätsch!», grinset ds «Bequemeli». «Bisch sälber dschuld. Hättisch ja chönne deheime blibe.»

I bysse uf d Zähn u dänke mer: jetz ersch rächt! D Schmärze lö nah – es isch älwä doch nid so schlimm gsy. Mys Ziel isch no geng di Chlyni Scheidegg. Bi der Wändi, hinde im Trümmelbach, gspüren i nümme vo der liechte Zerrig. Aber jetze chunnt ja de der mörderisch Ufschtig nach Wänge. Kollege, wo dä Marathon scho mehrmals sy gloffe, hei mi gwarnet: «Luterbrunne-Wänge, das isch ähnlech, wie we de im Militär albe, nach emene länge Marsch, no hesch müesse Zugschuel mache. Du hesch ke Aahnig, was das eigetlech söll. Alls tuet der weh. Abhocke u möitere wäri ds Einzige, wo du no wettisch. Aber da muesch derdür.»

I bi dä Bitz nid ds erschte Mal gloffe. Un i ha mir fescht vorgnoh, hie nid z versäge.

«Schwig! Schwig!» Mit dene Wort, mängisch lislig i mir inne u mängisch ganz lut, so dass d Läufer näbe dranne erstuunt ume luege, probieren i mys «Bequemeli» gar nid ersch z Wort la z cho.

Läck, fahrt das i d Oberschänkel! Langsam fats aafa brönne. Jetze nume ruehig Bluet. E Blick uf d Uhr: I bi schnäller, als dass i mer usgrächnet ha. Also. Nume jetze nüüt la aabrönne. Regelmässig schnufe – Chaltebrunn wo bisch? – ja nu, der Bärner Marsch tuets zur Not o. U jetze Wänge! Äntleche! Wouh, di

Zueschouer! Das tuet de guet! I stelle mir vor, wie das emene Fuessballer mues z Muet sy, imene Stadion inne, wo hunderttusig Lüt grööle. Das git Chraft!

Bis zum Ändi vom Dorf chan i mi wider chli erhole. I gspüre aber, dass d Erholigszyt lenger wird. D Bei wärde geng schwärer. Jetze der Ufstig uf d Wängerenalp. Nid der Letscht, leider. Aber happig.

«D Moräne schaffsch sicher nümme. Hör doch uf! Hie chönntisch uf ds Bähndli. Wenegi würdi gseh, dass du ufggä hesch.» Im dümmschte Momänt mäldet sech ds «Bequemeli». Ja, i höre uf! Was söll di ganzi Quälerei? Nume dass du chasch säge, sygisch vo Interlake uf d Scheidegg gsecklet? Idiottisch, so öppis. Grad wie we das e wichtegi Leischtig wär. Dumme Cheib. Hesch eigetlech en Eggen ab? U glych: Wen i jetze scho bis hie ueche gsecklet bi, de secklen i o no wyter. Z mindscht bis aafangs Moräne. U dert gseht me de. Aha, Hänsel het o schwäri Scheiche. Aber dä isch ja o unvernünftig. I däm Alter würdi ig de gmüetlech …

«Warum ersch i däm Alter? Chönntisch ja jetze deheime im Schoukelstuel gmüetlech es Glas Barbaresco schlürfe. Statt desse secklisch der hie d Lunge usem Körper u suffisch Isostar.»

«Schwig! I weis, dass du rächt hesch. Un i schwöre dir: Nie meh machen i e settige Seich!»

Mitts uf der Moräne – alls tuet mer weh un i mag fasch nümme – gsehn i uf ds Mal rächts vo mir der Eigergletscher. Blau, chalt, majestätisch. Was dänkt äch dä über üs Spinner?

Träm, träm, trä däredi – Bärner Marsch – Spinner – Barbaresco – Schoukelstuel. Hallo Bequemeli! Rächt hesch – aber schwyge söttisch. Nei, rächt hesch – nume lose hätti uf di sölle. Spinner, was i bi. Was mache di Lüt da obe? O Spinner! U de chlatsche si mer no zue! Für was äch? Wil si Fröid hei a somene Lööl? Da obe: Der Höhepunkt vo däm Marathon!

«Vo dert aa fat dir alls aafa weh tue», hei d Kollege gseit. Vo wäge, vo dert a! I ha gar nüt meh, wo mer no chönnti aafa weh tue. Sogar ds «Bequemeli» schwygt. Nid emal das funktioniert me. Hinder em Münschter het es Ankeweggli Meitli Butterweggli feil ... Plätsch, plätsch, plätsch. I ghöre myner Turnschue z Bode cho – i mir inne das eifältige Lied. D Oberschänkel brönne vom Nidsiseckle. Was isch de das für ne Lööl? Überholt mi no. Ja nu, de gang. Isch mir doch glych. Wie lang bin i underwägs? O das isch mer glych. Nie meh Jungfrou-Marathon! Abhocke! Gränne! U da vorne: ds Ziel! Uh, das Volk! U alli mit em Bähnli ... I wäri o gschyder ... Ankewegglimeitlibutterwegglimeitli ... Träm, träm trä däredi. Ziel! Wyterloufe, geng wyter. Abhocke. Trinke. Wulldechi, chumm werm mi, i ha chalt! «Gratuliere!», seit eine. Zu was? Eitusigachthundert u ... – spilt das e Rolle? Gschafft! I bi obe! Obe uf der Scheidegg. Kaputt, düre, ufglöst.

Jungfrou-Marathon!

Nie meh!

Ömel i däm Jahr ...

Bödeli Info

Em Gebiet wo mir wohne, seit me Bödeli. Das isch d Gägend zwüsche Thuner- u Brienzersee. D Gägend also, wo vil Lüt vil Gäld usgä, für ga Ferie z mache.

Uf däm Bödeli lige es paar politisch sälbständegi Gmeinde. Zämeschlussversüech hets i de letschte Jahrzähnt scho es paar ggä. Aber di futuristische Tröimer sy geng wider de Altvorgeschtrige underläge. Oder vilecht sy d Ywohner dür di vile Tourischte so verusländeret, dass d Heimat, äbe di eigeti Gmeind, halt wichtiger isch, als e logisch schynende Zämeschluss.

Was me aber syt es paarne Jahr flächedeckend fertig bracht het, isch e Broschüre, wo sech «Bödeli Info» nennt. Es köschtlechs Büechli! Es Büechli, wo üs jede Monet uf fasch hundert Syte zeigt, was me hie bi üs alls chönnti choufe. Es zeigt aber o, was es z gniesse gieb. U wen i gwüssi Sytene lise, de dünkts mi mängisch, so gebrächlech, wies dert druffe stöhij, syge mir ömel de doch nid. Aber meine chönnte mes, we me all di Aagebot für Fitness, Wellness, Feiss-, oder Schlankness, für Fress-, oder Trinkness, aber o für Yoga, für Hut-, Ouge-, Haar- oder Körperpfleg aaluegt. Enorm!

Mitts i däm Heftli isch o e Veraastaltigskaländer ygheftet. U dä übertrifft alls Andere. I ha dä für e Oktober chli under d Lupe gno.

Me cha ga lose, wie d Brönnnessle wachse. Di eltere Semeschter chöi ga tanze. Ume Brienzersee seckle wird aaprise (inklusive Warmup-Grill – aber de nid z gähi, wil sechs mit Bratwurscht u Bier im Buuch nid so ring secklet). Mit Lamas chönnti me ga desumetschalpe, irgendwo wäre gschnätzeti Hüser z bestuune u imene alte Cholestolle überchunnt me – näbscht Chole u Chrüter – no e schwarzi Nase. Im Grüene chönnti me ga Tennis spile u ufem Schiff ga nes Fondue spachtle. D Fekker träffe sech am See u d Russe amene Buffet. E Skiclub probiert mit emene Lottomatsch d Vereinskasse ufzbessere u ne Oldtimerverein füehrt syner Dräckschlöidere spaziere. Ds aaprisne Holzofebrot chame bi der Ländler-Stubete ga verzehre u z oberscht ufem Hochhuus brönschets am Sunntig. Erwachseni dörfe ga der Indian-Summer male u uf der Axalp schiesse si uf Flüger. Richtig gläse! Si schiesse uf Flüger. Süsch warum heissts de «Fliegerschiessen»? Irgendwo findet e Älperaabe statt (die hei ja jetze de nümme z tüe, we si ihrer Chüeh im Tal unde hei) u i irgend emene Chino spile si «Brienzipiell vs. Lamuns», was das o geng mag sy. Nachem Chabismärit geits a Raclett-Aabe oder a Dinner-Krimi. Wäm das nid passt, dä cha zur Oldies-Party aaträtte oder ds Heimspiel vo de Hämpeler oder de Högener ga aaluege. Wär no nie Chüeh gseh het, chare ga berüehre u bestuune u wärs gärn losig het, findet bi der Literatour sicher gnüegend Hörstoff. Ghochzytet u Gmässe wird a der Hochzytsmäss u ufem Bärg wird e Miss erkohre. E Vierbeinigi. A der Herbschtvehschou. D Chriegsgurgle finde sech bi der Besichtigung vo der Bunkeraalag u di Relegiöse bim Ärntedankgottesdienscht. Im Schloss gits es Gelage, i der Beiz e Jägerball mit Wildbuffet, ufem Horn es Vollmond-Dinner (gits äch de nume es Schniposa, we Mondhousi sech nid wott zeige?), im Tea-Room biete si es Becker-Zmorge aa, i der Beckerei e Brotstand (gschyder als e Notstand), bi der Dampfbahn e Dampfwürschtlibummlertag u im Bellini cha me Gring a Gring ga Spezialitäte gniesse.

U nach all dene Frässaagebot wärs wahrschynlech de Zyt für d (Er)Brächete am Ballebärg.

Wie gseit: Das isch nume e chlyne Uszug usem Veranstaltigskaländer. Es gieb under vilem Anderem no Usstellige, Schows, Live Musig u Schachaabete (mues no spannend sy!!). Me chönnti no ga lehre Herrgötteni Schnätze – oder o nume e Bäremutz oder e Bänz.

E wahri Pracht, üses Bödeli Info. Findet dir nid o? U das meinen ig de nid öppe despektierlech. Nei, i frage mi nume, wiso mir Bödeler überhoupt i d Ferie göh, we mir all di kulinarische, underhaltsame, gsundheitsfördernde u kulturelle Underhaltigsmüglechkeite vor der Hustür hei?

Drum warten ig scho jetze uf d November-Usgab. De chan ig mi einisch meh gluschtig läse. U mi fröie über all das, won ig i däm Monet wirde verpasse.

Grüschgschicht

Als Bärner het me ds Gfüehl, i üser Houptstatt sygi mängisch der Tüüfel los. Ömel we me amene Samstig i d Marktgass wetti ga lädele, chunnts eim vor, wie we me z Wänge am Slalomhang wär. Me mues sech voll konzentriere, dass me der richtig Wäg zwüsche de Stange findet u dass me müglechscht keni verwütscht. Oder äbe, me mues sech konzentriere, dass me sech zwüsche dere Mönschelawine cha düreschlängle.

Aber syt dir scho einisch z Züri gsy? Dert wo di grosse Choufhüser stöh? Dert geits de nümme um ds Slalömle. Für Bärner isch das dert e veritable Spiessruetelouf! I ha du irgendeinisch gnue gha u bi mitts i däm Gstürm inne blybe stah. Vorsorglecherwys näbeme Latärnepfahl, won e Ghüdderchübel dranne ghanget isch. Dä Pfahl het mi vor em Furtstüpfe u vorem Vertschalpetwärde gschützt. Dert han ig mi du e Momänt still gha. U ha zersch zuegluegt.

I säge öich, das müesst dir o einisch mache! Das isch es einmaligs Erläbnis!

I stah also d ert am Latärnepfahl u luege i das Gwüehl yne. I di verbissene, gstresste u voll konzentrierte Gsichter. I luege a d Lüt, wo wahrschynlech hie meh Stress hei, weder dür d Wuche dür bi ihrem Job.

Si schleipfe Plasticseck voll Sache dür ds Züg dür. Hetze, drücke, slalömle u rusche a mer verby, wie wen i o e Latärnepfahl wäri. Nach churzer Zyt ischs mer so gschmuech, dass i probiere d Ouge zue z tue. Aber nüüt isch. Ohni mi am Pfahl z ha, geit da nüüt. Süsch gahn i ds Risiko y, dass i plötzlech e Bodycheck überchume u dür ds Züg us flüge. Also zueche zum Ghüdderchübel, der Arm ume Pfahl – u de d Ouge zue.

Das Erläbnis stellt alls Vorhärige i Schatte!

Zersch han ig eifach Grüsch ghört. Eifach lut, wirr u undefinierbar. Wo sech du aber mys Ohr a das Ganze gwanet het gha, han i mi uf Einzelheite chönne konzentriere. Un i ha das je lenger je besser chönne. Zersch sys nume es paar Sprachfätze gsy. No nid Zämehängendi. Mit der Zyt han i aber du scho chönne underscheide, öb di Grüsch vom Waarehuus näbedranne chöme oder öb si unmittelbar vor mir töne. Dür das han i e dritti Dimension übercho. Es gspässigs Gfüehl.

Chli später du han ig speziell Tön chönne yfa. I ha zum Bispiel d Musig vom Chleiderlade uf der lingge Syte ghört. U wen i die innerlech abgschalte ha, han i d Rollträppe vom gägenüberligende Huus ghört. Oder Handwärcher, wo irgendwo no sy am Nagle gsy. I hätti d Richtig zimlech genau chönne aagä. Zwüschyne hei wider d Tramm quitschet u wyt wäg han ig e Sirene ghört. Ambulanz, Polizei oder Füürwehr. O die chönnti me underscheide, we me i dere Stadt würdi läbe – u würdi lose.

I ha mi du konzentriert uf d Grüsch vo de Lüt. Dir chöit nech ja gar nid vorstelle, wie vil underschidlechi Schuegrüsch das es git. Stögelischue sy ja liecht z erchenne. Es seits scho der Name: si stögele. U o bi de Schlarpe weis me, wora dass me isch: si töne schlarpend. Schwiriger wirds bi de Turnschue. Di ghört me schlächt. Mannehalbschue sy aber problemlos vo Stögelischue z trenne. Es ligt wahrschynlech nid am Schue, sondern am underschidleche Gang vo Maa u Frou.

U du han ig mi du de Sprache zuegwändet. I ha mittlerwyle scho Üebig gha, im reiche vo de Tön. I ha also es Grüsch vo wyt här chönne lokalisiere us de begleite, bis es wyt ewäg vo mir wider i de andere Grüsch verschwunde isch:

«… du ihm nid säge, dass er mir doch äntleche söll e Spielkonsole choufe. Meinsch nid, i hättis verdienet mit myne Note. I ha mer ömel im letschte Schuelj …»

«… nzg Stutz het dä Möff wölle. Was meint dä eigetlech? Das isch doch total überrisse. Spinnt dä? Dä het doch …»

«He, blyb cool, Mann. Das isch ömel nume halb so schlimm …»

«… de no i C und A u de no i Vögele. Nächär müesse mer – chumm jetze, tue doch nid geng so trötschgele. Mach vorwärts, süsch sy mer de no bim Ynach …»

«… no i das Gschäft yne! Nei, du hesch jetze doch gnue ygchouft. Wär söll ömel de das alls ässe? Das isch ja total verruckt! Nei, fertig jetze. We du jetze nid chunnsch, de gahn i gäge …»

Gället, es isch no spannend, dene Gspräch zuezlose? U mängisch hätti würklech gärn d Ouge ufta für z luege, wär sech hinder dene Tön versteckt. I ha aber du näbscht de Tön mer sälber probiert, di Gsichter vorzstelle. Eh ja, dä mit der Spielkonsole: Da het es jungs Meitschi ihrer Mueter gseit, si söll bi ihrem Vatter bättle. U über ds Gäld hei zwee jung Manne gchäderet. Trötschgelet het älwä es chlyses Chind. U hei wölle het e Maa. Aber äbe: Wie alt sy die? Wie gseh si us? Was hei si anne?

I ha mer sälber Bilder gmacht. D Lüt vor myne Ouge la uferstah. Ihne Chleider aagleit u se la läbe. Es faszinierends u spannends Erläbnis!

Aber i säge nech, es isch nid nume spannend, sondern unheimlech ermüedend. Drum han i dä Versuech abbroche. Won i du d Ouge ufta ha, ischs mer no grad einisch gschmuech worde. Obwohl nid meh Lüt über dä Platz gloffe sy, han i zuesätzlech zu de Grüsch no di Bewegige wahrgno. Das het mer du glängt! I bi schnuerschtracks i nächscht Park gflüchtet u ha dert em Wasser u de Vögel zueglost.

Das het mi du –

    so beruehiget –

        dass i du –

            ganz gmüet –

                lech bi –

                    ygsch …

Wyteri Büecher vom Ernst Hunziker:

Unglych
(Der erscht Krimi mit em Fahnder Flück)
Seebad isch es chlyses, idyllisches Dörfli i der Umgäbig vo Interlake. Dert stöh drü Hotel. Zwöi sy i Betrieb. Ds Dritte söll nächschtens wider eröffnet wärde. E nächtleche Brand zerstört aber das Gebäud. Isch es Brandstiftig, oder sy die beide andere Hoteliers a däm Brand beteiliget?
E zuesätzlechi Ufgab füre Fahnder Flück. Dä hätti eigetlech gnue eigeti Problem z löse: Eine vo syne Mitarbeiter fallt us u dr Ersatz wo ihm sy Vorgsetzt organisiert het, macht ds Ganze nid eifacher. Zum Glück cha der Fahnder am Aabe für d Tällspieluffüehrige ga probe. Dert chan er i ne anderi Rolle schlüffe u der Alltag vergässe. Oder doch nid ganz?

E leidi Gschicht
(Der zweit Krimi mit em Fahnder Flück)
Z Seebad isch gschosse worde. Schynbar hets e Person preicht. So bhouptets ömel e Bewohner vom Cholchosehuus. Der Fahnder Flück findet aber wäder e Täter, no es Opfer. Derfür merkt er, dass i däm Huus nid alli so nätt zunenand sy, wie si ihm vorspile. Won er gspürt, dass d Bewohner o d Lüt vom Nachbarhuus usgränze, wirds für e Fahnder kompliziert u gnietig.
Gnietig isch es aber o privat. Sy Frou het Chnörz mit sich sälber. U o bi sym Hobby, em Tällspiel, louft nid alls so, wies der Fahnder gärn hätti.
I däm Krimi wird mit Mönsche gspilt. Darf me das? Oder isch das unakzeptabel? Die Frage stelle sech em Fahnder i dere spannende Gschicht, zwüsche Thuner- u Brienzersee.

Unspunne
(Der dritt Krimi mit em Fahnder Flück)
Ds Alphirtefescht, wo Stadt u Land söll verbinde, isch vorbereitet. D Teilnähmer u d Bsuecher chöme langsam i Feschtluune. Nume wenegi wüsse, dass die fridlechi Stimmig tüüscht. Sys d Béliers wo – einisch meh! – Unspunne

wei missbruche, für politisches Kapital drus z schla? Oder stecke anderi Chreft derhinder?

Wo im Tällspielareal während ere Uffüehrig gschosse wird – u zwar nid nume mit em Täll syre Armbruscht – droht däm eigetlech fridleche Fescht sogar der Abbruch.

Didgeridoo www.

Didgeridoo:
Als Fahrer vom Poschtouto, wo zwüsche Spiez u Äschiried verchehrt, kenne ne die Yheimische. Aber wär isch eigetlech dä hilfsbereit u liebeswärt Mönsch würklech? Die Frag stelle sech d Lüt leider ersch, wo öppis ganz Unerwartets gscheht.

www.:
Ds Internet bietet hüt verschidenschti Müglechkeite, enand lehre z kenne. Die Glägeheit näh o „listen" u „multiple" wahr. Was aber, we die Beide meh möchte als nume mitenand chatte? Was, we si sech persönlech möchte gägenüber stah?

E nid alltäglechi Gschicht zwüsche Wimmis u Schwarzeburg.

Adväntszyt

Dusse strubussets, es isch fyschter u chalt. Nachdäm me der Novemberblues einigermasse schadlos überstande het, faat eim der bevorstehend Wiehnachtsstress uf ds Gmüet aafa drücke. Was gits da dergäge bessers, als es heisses Tee, Cherzeliecht – u Wiehnachtsgschichte?

Erhältlech sy die Büecher im Buechhandel.
Wyteri Informatione über e Outor u über sys Schaffe überchömet dir uf der Websyte: www.ernsthunziker.ch